# Hero Ticket

## Kyeong-ho Lee

Jeune orphelin, il a passé un pacte avec Sierra et obtenu des tickets qui lui permettent d'invoquer l'esprit des morts. En échange, il n'a plus qu'un an à vivre pour retrouver celui de sa mère.

## Sierra

Cet ange de la mort porte un intérêt particulier à Kyeong-ho qu'elle a sauvé de la noyade pour lui proposer un pacte. Ses véritables intentions sont un mystère.

## Chae-yeon Han

Héritière du groupe Sian, elle peut voir les esprits, mais n'a jamais eu l'occasion de découvrir le monde à cause d'une organisation criminelle qui l'a prise pour cible.

**Shane**

Un mystérieux garde du corps étranger, aussi peu bavard qu'efficace.

**Beom Choi**

Artiste martial et héritier du Cheonmudo, il a affronté Kyeong-ho lors de l'examen de recrutement des gardes du corps du groupe Sian.

**Tae-yeob Han**

PDG du groupe Sian et père de Chae-yeon, il adore sa fille et la protège des ravisseurs qui s'en prennent à elle depuis son enfance.

**Ji-seok Lee**

Chef de l'équipe de sécurité de Chae-yeon, il impose une discipline de fer à ses hommes.

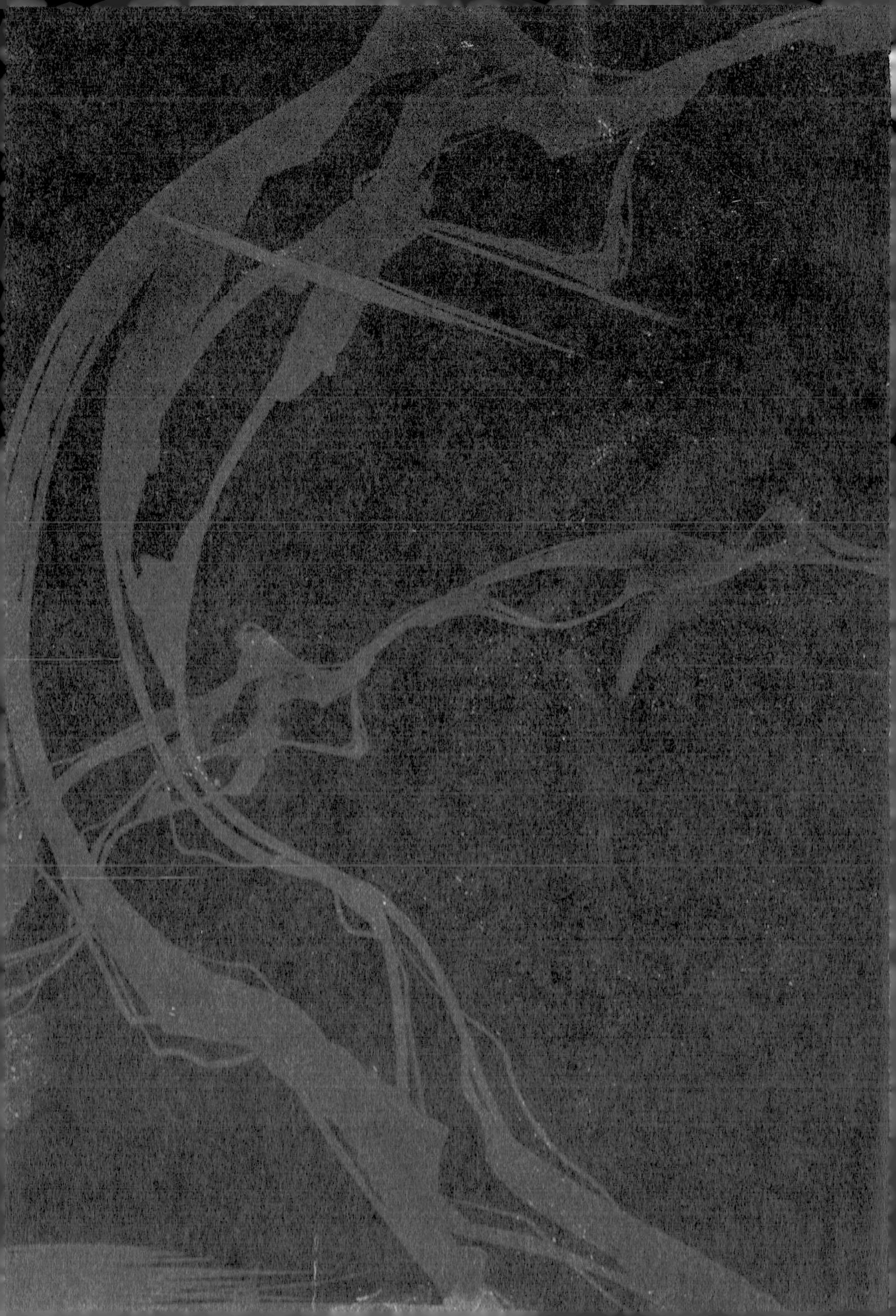

# SOMMAIRE

BANG
27 - FOOTBALL RÉVOLUTIONNAIRE
OK, ON A LE BALLON !
J'AI PAS MAL JOUÉ AU FOOT QUAND J'ÉTAIS PLUS JEUNE.
TAP
TAP
TAP
TAP
JE DOIS SIMPLEMENT FAIRE CONFIANCE AUX DEUX BUTEURS.
VU LEURS CRAMPONS, ILS DOIVENT JOUER SOUVENT.
TAP
TAP
TAP
IL NE DEVRAIT PAS Y AVOIR DE PROBLÈME SI JE ME CONTENTE DE LEUR FAIRE DES PASSES.
ON DIRAIT QUE T'AS DES ENNUIS AVEC CES GAMINS.
SI TU RÉCUPÈRES LE BALLON, FAIS-NOUS LA PASSE.
ON EST MEILLEURS QU'EUX.

LE NOUVEAU, ATTRAPE !
BOUM
BIEN !
TA
AC
JE N'AI PAS PERDU MES VIEUX RÉFLEXES.

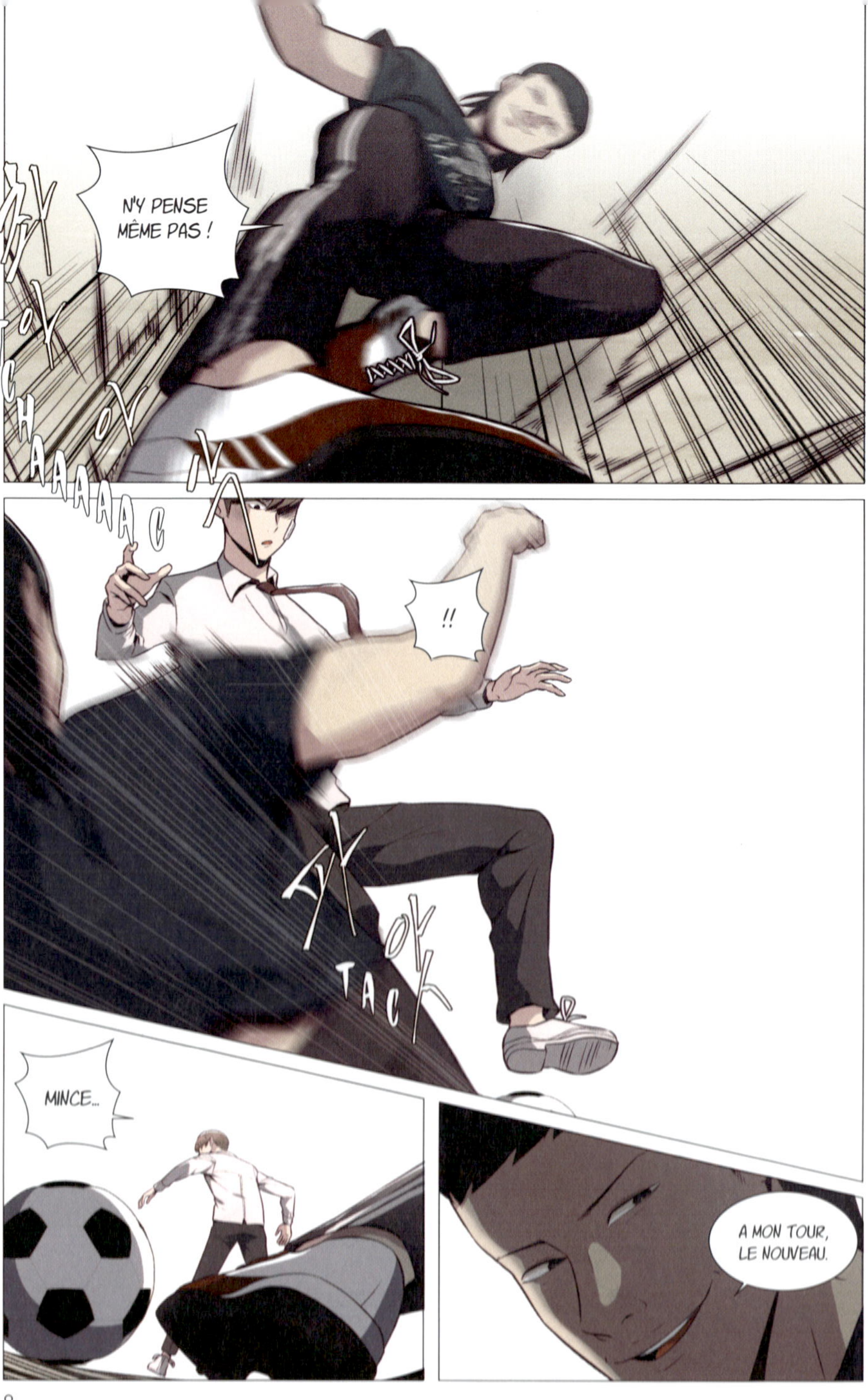
N'Y PENSE MÊME PAS !
TCHAAAAAAC
!!
TAC
MINCE...
A MON TOUR, LE NOUVEAU.

HAHAHA !
ㅋㅋㅋ
HAHAHA !
ㅋㅋㅋ
OH, IL JOUE BIEN ?
ㅋㅋㅋ ㅋ
HAHAHA !
DÈS QU'IL TOUCHE LA BALLE IL SE LA FAIT VOLER, HÉHÉ !
ON S'EN DOUTAIT VENANT D'UN JOUEUR QUI A FAILLI PASSER PRO.
DÉPÊCHE-TOI DE LE TACLER !
ME TACLER ?
TAP
TAP
TAP
TAC
SALTY OLD

TAP
TAP
TAP
TAP
MOI ?
BA
BUT !
O
ANG
UN BUT DÈS LA PREMIÈRE MINUTE.
HAHAHA !
ㅋㅋㅋ
ㅋㅋㅋ
HAHAHA !
HAHAHA !
ㅋㅋㅋ
ㅋㅋㅋ
HAHAHA !
VOUS AVEZ VU ÇA ? ILS SONT PAUMÉS ! ON DIRAIT UN SKETCH !
IL FAUT QU'IL GAGNE...

MAIS MÊME APRÈS ÇA,

IL N'Y A EU AUCUNE DIFFÉRENCE.

2-0 !
3-0 !
4-0 !
5-0 !
6-0 !!
7-0 !
BUT !
C'EST BIEN DE VOIR AUTANT DE BUTS NON ?
ㅋㅋㅋ HAHAHA !
ㅋㅋㅋ HAHAHA !
ㅋㅋㅋ HAHAHA !
ㅋ AH !
ㅋㅋ HAHAHA !
ㅋㅋㅋ HAHAHA !
ㅋㅋㅋ HAHAHA !
ON DIRAIT DES ENFANTS CONTRE DES ADULTES.
CETTE CHAÎNE N'ÉTAIT PAS EN TRAIN DE MOURIR ?
LE BIZUTAGE D'UN NOUVEAU, ÇA FAIT VENIR 100 PERSONNES D'UN COUP LOL.
OH, C'EST FRUSTRANT. J'AI PRESQUE ENVIE DE COURIR À LEUR PLACE.
SI T'ES FRUSTRÉ, VA DONC COURIR, IDIOT.
112 VISIONNAGES EN COURS.
LES GRANDES GUEULES DE MESSI SONT DANS LA PLACE, HAHA !

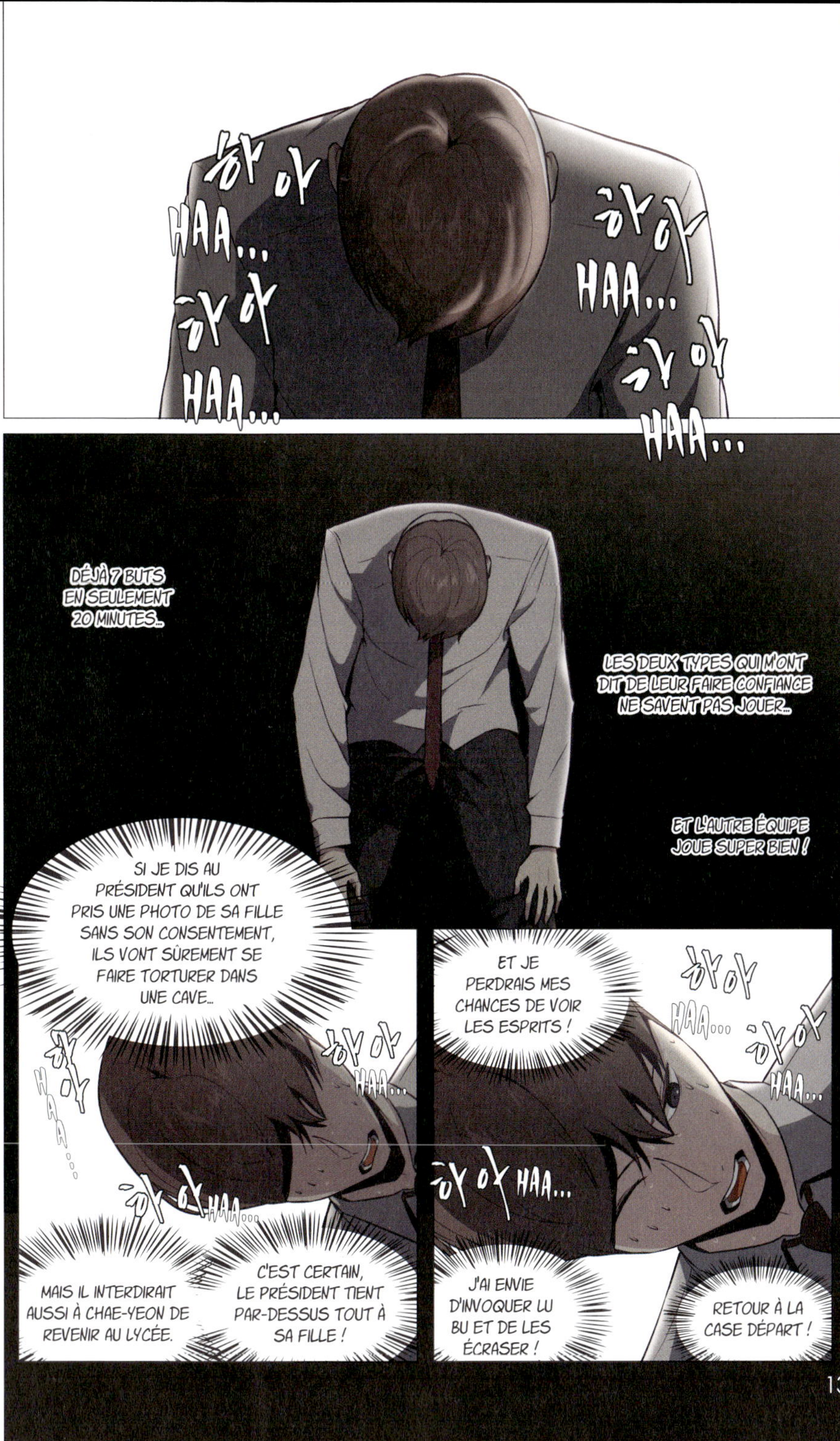

하아 HAA...
하아 HAA...
하아 HAA...
하아 HAA...
DÉJÀ 7 BUTS EN SEULEMENT 20 MINUTES...
LES DEUX TYPES QUI M'ONT DIT DE LEUR FAIRE CONFIANCE NE SAVENT PAS JOUER...
ET L'AUTRE ÉQUIPE JOUE SUPER BIEN !
SI JE DIS AU PRÉSIDENT QU'ILS ONT PRIS UNE PHOTO DE SA FILLE SANS SON CONSENTEMENT, ILS VONT SÛREMENT SE FAIRE TORTURER DANS UNE CAVE...
하아 HAA...
하아 HAA...
하아 HAA...
MAIS IL INTERDIRAIT AUSSI À CHAE-YEON DE REVENIR AU LYCÉE.
C'EST CERTAIN, LE PRÉSIDENT TIENT PAR-DESSUS TOUT À SA FILLE !
ET JE PERDRAIS MES CHANCES DE VOIR LES ESPRITS !
하아 HAA...
하아 HAA...
하아 HAA...
J'AI ENVIE D'INVOQUER LU BU ET DE LES ÉCRASER !
RETOUR À LA CASE DÉPART !

DÉSOLÉ, DÉSOLÉ… ON FERA MIEUX LA PROCHAINE FOIS.
ILS ONT DÉJÀ 7 BUTS, C'EST SANS ESPOIR…
FAIS-NOUS DE BONNES PASSES.
ET CES CRÉTINS DE PERROQUETS NE FONT QUE RÉPÉTER LA MÊME CHOSE !
JE N'AI PAS LE CHOIX !
TAP
TAP
TAP
TAP
ALORS CRÉTIN, T'ABANDONNES ?
TAP
TAP
TAP
!
DÉFENSEUR OU PAS, JE M'EN FICHE !
J'AURAI PLUS DE CHANCE DE LE FAIRE MOI-MÊME !
TAAC
NOS BUTEURS SONT AUSSI UTILES QUE DES PLANTES VERTES !

J'ÉTAIS PAS CONCENTRÉ !
TAP TAP TAP
MES COÉQUIPIERS SONT JUSTE DERRIÈRE MOI...
ET L'ÉQUIPE ADVERSE N'A PAS FAIT ATTENTION, ILS SONT TOUS DANS NOTRE ZONE.
TAP TAP TAP
JE ME SUIS TROP RELÂCHÉ !
TAP TAP TAP
TAP TAP TAP
ARRÊTEZ-LE, S'IL MARQUE CE SERA LA HONTE !

IL N'Y A QUE LE GARDIEN !
TAP
TAP
TAP
RENVERSONS LA BALANCE AVEC CE BUT !

TAAC
?!
BADABOUM
BOUM
QU'EST-CE QUE TU FOUS ?!
VLAA

DÉSOLÉ, DÉSOLÉ, J'AI PAS BIEN REGARDÉ.
JE T'AI PRIS POUR UN ADVERSAIRE.
J'AVAIS PRESQUE MARQUÉ...
MERDE !
C'EST PAS GRAVE, ON PEUT ENCORE GAGNER, ESSAYONS ENCORE UNE FOIS.
?
BUT !
ㅋㅋㅋ
HAHAHA !
HAHAHA !
ㅋㅋㅋ
HAHAHA ! ㅋ
ㅋㅋ
HAHAHA !
ㅋㅋㅋ
JE PEUX PAS REGARDER ÇA... OH LÀ LÀ.

UN TACLE À SON PROPRE ÉQUIPIER, C'EST FOU !
ㅋㅋㅋ HAHAHA !
ㅋㅋㅋ HAHAHA !
ㅋㅋㅋ HAHAHA !
ㅋㅋㅋ HAHAHA !
ㅋㅋㅋ HAHAHA !
ㅋㅋㅋ HAHAHA !
REGARDE LE REPLAY.
C'ÉTAIT FAIT EXPRÈS, C'EST SÛR !
JE TROUVAIS ÇA BIZARRE DEPUIS UN MOMENT...
JE NE JOUE PAS À 6 CONTRE 6...
ㅋㅋㅋ HAHAHA !
HAHAHA !
ㅋㅋㅋ
ㅋㅋㅋ HAHAHA !
ㅋㅋㅋ HAHAHA !
J'ÉTAIS SEUL DEPUIS LE DÉBUT ?

JE VAIS
BOIRE UN COUP,
JE REVIENS.

ON FAIT UNE PAUSE ET ON REPREND APRÈS ?
SACRÉ BIZUTAGE POUR LE PREMIER JOUR DU NOUVEAU.
LA PROCHAINE FOIS JE VAIS ESSAYER DE MARQUER ENTRE SES JAMBES.
ÇA VA ÊTRE FACILE, C'EST UN DÉBUTANT.
SHHH
ATTENDS...
ÇA SERAIT MIEUX DE TOUT DIRE À MON PÈRE.
QUOI ?
TU NE PEUX PAS GAGNER...
ET TU VAS TE FAIRE MAL...
TU N'AS PAS À FAIRE ÇA.
JE VAIS TE MONTRER COMMENT RENVERSER LE SCORE DE 8-0 À 8-9.
?
ÇA N'A AUCUN SENS...

SORTEZ-VOS TÉLÉPHONES.
LE BIZUTAGE DU NOUVEAU MÉRITE D'ÊTRE FILMÉ ENTIÈREMENT.
ㅋㅋㅋㅋ HAHAHA !
ㅋㅋㅋ HAHAHA !
HAHAHA ! ㅋㅋㅋ
HAHAHA ! ㅋㅋㅋ
JE VAIS FILMER AUSSI. J'AI ENTENDU DIRE QU'ILS NE VONT PAS VRAIMENT JOUER DANS LA DEUXIÈME PARTIE, ILS VONT JUSTE LE TACLER.

SI JE GAGNE, JE PARTAGERAI LA PHOTO ! HAHAHA !
씨
HÉ 익
HÉ !
...
TAP 다
TAP 다
TAP 닥
TAP 다 다 TAP 닥 TAP
J'AI MÊME REÇU UNE OFFRE DE POSTE EN TANT QUE STAGIAIRE DANS UNE ÉQUIPE PRO !
다 다 닥 TAP TAP TAP
MON NIVEAU EST BIEN PLUS ÉLEVÉ QUE CELUI DE CES ÉLÈVES.
SI JE ME CONCENTRE, JE NE RISQUE PLUS DE PERDRE LE BALLON COMME TOUT À L'HEURE !
ZWIF

SEA DOG

FWIP
FWIP
FWIP
L'ENFOIRÉ !
DONNE ÇA ABRUTI !
TA AC
FWIP
FWIP
!!

TAP
TAP
TAP
TAP
TAP
TAP
TAP
ARRÊTEZ-LE, IL SE RAPPROCHE !
IL VA ESSAYER DE MARQUER !
IL ME CHERCHE ?
TAP
TAP
TAP
TAP
IL CACHAIT SON TALENT DEPUIS LE DÉBUT ?!
SON NIVEAU EST DIFFÉRENT DU MIEN ALORS QUE JE ME SUIS PRÉPARÉ POUR ÊTRE PRO !
RATTRAPE-LE, RATTRAPE-LE, RATTRAPE-LE, RATTRAPE-LE !
TAP
TAP
TAP
TAP
RATTRAPE-LE, RATTRAPE-LE, RATTRAPE-LE, RATTRAPE-LE !

*TECHNIQUE QUI CONSISTE À TROMPER UN DÉFENSEUR ADVERSE EN FEIGNANT UNE ACTION POUR ESQUIVER.

BAANG

치이잇
CHTING
BOING 통
BOING 통
BOING 통
QUOI ? C'EST PAS UN BIZUTAGE DE NOUVEAU ÇA !
AH ! JE SAIS ! LE BIZUTAGE C'EST POUR LES 6 AUTRES ?!
J'AI JAMAIS VU UN AUSSI BEAU CRUYFF TURN ! TROP COOL !
#DRÔLE #PASDEDÉGAT #FOOT
DIRECT
PLUS FAIBLE DES NOUVEAUX
IL TOURNE UN FILM, OU QUOI ?
C'EST PAS LE NIVEAU D'UN LYCÉEN...

BOING
TAAC
QU'EST-CE QUE VOUS ATTENDEZ, COMMENÇONS.
TAC
J'AI PAS QUE ÇA À FAIRE.
PLUS QUE 8 BUTS ?
JOHAN CRUIYFF
1947-2016
RÉVOLUTIONNAIRE
DU MONDE DU FOOTBALL

APRÈS 30 MINUTES DE JEU.
8-0 À LA MI-TEMPS.
TAP TAP TAP
다다닥
TAP TAP TAP
다다닥
TAP TAP TAP
다다닥
TAP TAP TAP
다다닥
28 - LE PLUS PUISSANT NOUVEL ÉLÈVE
8-6
15 MINUTES, APRÈS LA MI-TEMPS.
DU POINT DE VUE DES ÉLÈVES, LA DIFFÉRENCE ÉTAIT INCROYABLE. À TEL POINT QU'ON AURAIT DIT UN ADULTE QUI JOUAIT AVEC DES ENFANTS DÉBUTANTS.
CETTE DIFFÉRENCE DE NIVEAU, C'EST POSSIBLE, HEIN ?
IL Y A AUSSI DES JOUEURS QUI PRÉPARENT LES QUALIFICATIONS DANS L'ÉQUIPE ADVERSE.
C'EST UNE CAMÉRA CACHÉE ? C'EST UN PRO DÉGUISÉ EN ÉLÈVE POUR UNE VIDÉO WOUTUBE ?
LE NOUVEAU EST JUSTE INCROYABLE !
HAHAHA !
ㅋㅋㅋ
HAHAHA !
ㅋㅋㅋ
OH LÀ LÀ, IL EST TROP COOL !
CALME-TOI, IL EST PLUS JE QUE TOI.
SANS DÉC', IL SERAIT PAS ENCORE MEILLEUR QU'UN PRO ?
JE REGARDE TOUS LES TOURNOIS DE FOOT ET J'AI RAREMENT VU UN TALENT COMME ÇA, EN TOUT CAS C'EST PAS LE NIVEAU D'UN LYCÉEN !
다다닥
TAP TAP TAP
다다닥
TAP TAP TAP
J'ENTENDS LES CRIS DES FILLES D'ICI, JE L'ENVIE.
ÉCOUTEZ-LE, IL CROIT QU'IL PEUT MARQUER AUTANT DE POINTS DEVANT LES FILLES, LOL
!!

C'EST COMME LA DERNIÈRE FOIS !
다다다닷
TAP TAP TAP
QUEL EST CET ESPRIT DERRIÈRE KYEONG-HO ?
다다다닷
TAP TAP TAP
IL EST APPARU TOUT À COUP.
?
TAP TAP TAP
다다다닷
IL A ENCORE DISPARU ?
OH !

AU FAIT ! JE DOIS EFFACER LE MESSAGE ENVOYÉ POUR MON PÈRE !
PAPA, J'AI BESOIN QUE TU T'OCCUPES DE QUELQU'UN.
SUPPRIMER LE MES GE ?
X
J'AI BESOIN QUE TU T'OCCUPES DE…
ELLE L'A EFFACÉ ?!
ATTENDS ?
SECRÉTAIRE KIM !
IL EST ARRIVÉ QUELQUE CHOSE À CHAE-YEON !
벌떡
VLAF
JE SAVAIS QUE ÇA ARRIVERAIT !
MÊME SI ELLE N'EST PAS LOIN, COMMENT J'AI PU L'ENVOYER DANS UN LYCÉE PLEIN D'ENFANTS MAL ÉDUQUÉS !
12:49
MA PETITE CHÉRIE
MA PETITE CHÉRIE
MESSAGE SUPPRIMÉ.
QU'EST-CE QU'IL SE PASSE ?! J'AI ENVOYÉ LES GARDES DU CORPS. ILS SERONT LÀ DANS 5 MINUTES.
PM 12:49
MA PETITE CHÉRIE
C'ÉTAIT UNE BLAGUE, PAPA, VRAIMENT ! SURTOUT QU'ILS NE VIENNENT PAS !
PM 12:49
…

BAM
OUAAHH
와아아아
OUAAHH
와아아
와아아아
OUAAHH
HAA...
하아
하아
HAA...

COMMENT C'EST POSSIBLE ?
AU DÉBUT IL SAVAIT À PEINE DRIBBLER, ET TOUT D'UN COUP IL MAÎTRISE PARFAITEMENT.
하아
HAA...
하아
HAA...
하아
HAA...
SEA DOG
C'EST IMPOSSIBLE QU'IL SOIT MEILLEUR QUE MOI !
PEUT-ÊTRE QU'INCONSCIEMMENT JE NE ME DONNE PAS À FOND ?
EST-CE QU'IL SE PRÉPARE AUSSI À PASSER PRO ?
하아
HAA...
하아
HAA...
NON, ON S'EN FICHE. LE PROBLÈME, C'EST QUE TOUT LE MONDE ME REGARDE !
DÉJÀ 6 BUTS EN UN INSTANT, LA HONTE !
CE MEC ÉTAIT UN LOSER AU COLLÈGE.
ㅋㅋㅋㅋ
HAHAHA !
ㅋㅋㅋㅋ
HAHAHA !
ㅋㅋㅋㅋ
HAHAHA !
ㅋㅋㅋㅋ
HAHAHA !
IL A TRAÎNÉ AVEC LES CAÏDS GRÂCE À SES COMPÉTENCES DE FOOT, MAIS MAINTENANT IL EST DEVENU NUL.

VOUS NE ME SOUTENEZ MÊME PAS...
ALLEZ VOUS FAIRE VOIR !
다다닷
TAP TAP TAP
OUAIS, C'EST VRAI !
다다닷
TAP TAP TAP
JE NE SAIS PAS ME BATTRE !
TU N'AS AUCUNE IDÉE DE LA GALÈRE QUE C'ÉTAIT POUR EN ARRIVER LÀ !
STOP
멈칫
SI TU SAVAIS TOUTES LES CHOSES QUE J'AI DÛ FAIRE POUR LEUR PLAIRE !
JAMAIS.
JAMAIS...

TAG
PAAG
JE NE LEUR MONTRERAI MES FAIBLESSES !
TAAG
REGARDEZ, JUN-HO LEE SE PREND UN PETIT PONT PAR LE NOUVEAU.
UN PETIT PONT ?
HAHAHA !
HAHAHA !
OUI, IL SE MOQUE DE JUN-HO EN FAISANT PASSER LA BALLE ENTRE SES JAMBES.
ET ÇA, C'EST LE MEC QUI A PASSÉ LES QUALIFS PROS, C'EST TROP LA HONTE.

GRÂCE AUX CAPACITÉS DE CRUYFF, JE VOIS BEAUCOUP MIEUX CE QUI M'ENTOURE.
SA VITESSE EST BIEN PLUS LENTE QUE TOUT À L'HEURE.
TAC
TAC
MAIS JE SUIS SÛR QUE CE N'EST PAS LA FATIGUE QUI LE RALENTIT.
SES YEUX SONT RIVÉS SUR LE BALLON...
IL EST PLUTÔT CONCENTRÉ SUR TOUS LES ÉLÈVES QUI LE REGARDENT.
IL A PLUS PEUR D'ÊTRE VU COMME UN LOSER...
QUE DE NE PAS RÉUSSIR À ME PRENDRE LE BALLON.

KYEONG-HO LEE !
FWIP
SI C'EST SI IMPORTANT...
TAC
JE DOIS TOTALEMENT LE DÉTRUIRE.
?!
SHOOOU
LE COUP DU SOMBRERO ?
TAP TAP TAP TAP

SI ON NE PEUT MÊME PAS EMPÊCHER UN SEUL MEC DE REVENIR AU SCORE, AUTANT NE PLUS ALLER EN CLASSE !
TAC
ARRÊTONS-LE PAR TOUS LES MOYENS !
TA
TA TA
TAC
TAP
TAP
TAP
TAP
TAP
TAP
TAP
TAP
FAIT CHIER !
CES CAGES DOIVENT ÊTRE ABSOLUMENT IMPÉNÉTRABLES !
TAP
TAP
TAP
TAP
SI JE N'ARRIVE PAS À L'ARRÊTER CETTE FOIS, JE VAIS ME FAIRE TABASSER...
ARRÊTE-LE ! ARRÊTE-LE ! ARRÊTE-LE !
ARRÊTE-LE ! ARRÊTE-LE ! ARRÊTE-LE !

파앗
TAC
다다닷
TAP TAP TAP
다다닷
TAP TAP TAP
다다닷
TAP TAP TAP
멈칫
STOP

ÇA FAIT 8 À 7 MAINTENANT ?
ET LÀ, 8 À 8.
툭
TOC
와아아
OUAAAAH !
와아아아
OUAAAAH !
와아아아
OUAAAAH !
와아아
OUAAAAH !
OH LÀ LÀ ! C'EST VRAIMENT ARRIVÉ !
OH MERDE, JE DOIS ENCORE CHANGER DE CALEÇON.
HORS DE QUESTION QUE JE TRAÎNE ENCORE AVEC JUN-HO LEE, TROP LA HONTE.
UN BUT EN MARCHANT À CÔTÉ DU GARDIEN, MDR. C'EST LA PIRE HUMILIATION DE TOUS LES TEMPS.

LE MEC S'EST AUTOPROCLAMÉ FOOTBALLEUR PROFESSIONNEL, EN FAIT C'EST JUSTE UN LOSER PTDR.
PLUS QU'UN BUT !
TAP TAP TAP
IL PLEURE ? SÉRIEUX ? LOL !
TAP TAP TAP
FINI DE JOUER.
C'EST TROP COOL, LES 6 JOUEURS DE L'ÉQUIPE DU BAHUT BATTUS PAR UN SEUL GARS !
MAIS EST-CE QU'IL A ABANDONNÉ ?
IL FAISAIT LE MALIN AVEC SES TALENTS DE FOOTBALLEUR, COMMENT IL A PU PERDRE COMME ÇA.
IL RESTE PLANTÉ LÀ.
GNNNNNN!

IL ABANDONNE À CAUSE DES RÉACTIONS AUTOUR DE LUI ?
TAP TAP TAP
TAP TAP TAP
POURTANT, JE VAIS EN FINIR EN L'HUMILIANT ENCORE PLUS.
TAP TAP TAP
TAP TAP TAP TAP
?!

RHÂÂÂÂRG
C'EST TROP TARD MAINTENANT.
JE DOIS AU MOINS ESSAYER DE LUI CASSER LA JAMBE !
POUR GARDER MA PLACE !
SALTY OL
빠악
BAM

퉁
BOING
빠악
BOUM
UN BALLON
DE FOOT.
ET LA VITESSE
DE TIR D'UN JOUEUR
PROFESSIONNEL EST
ENVIRON DE 100 KM/H.
DONC QUAND
LE BALLON FRAPPE
À PLUSIEURS
REPRISES...

IL DEVIENT UNE ARME TERRIFIANTE,
QUI PEUT FRACTURER, OU PIRE !

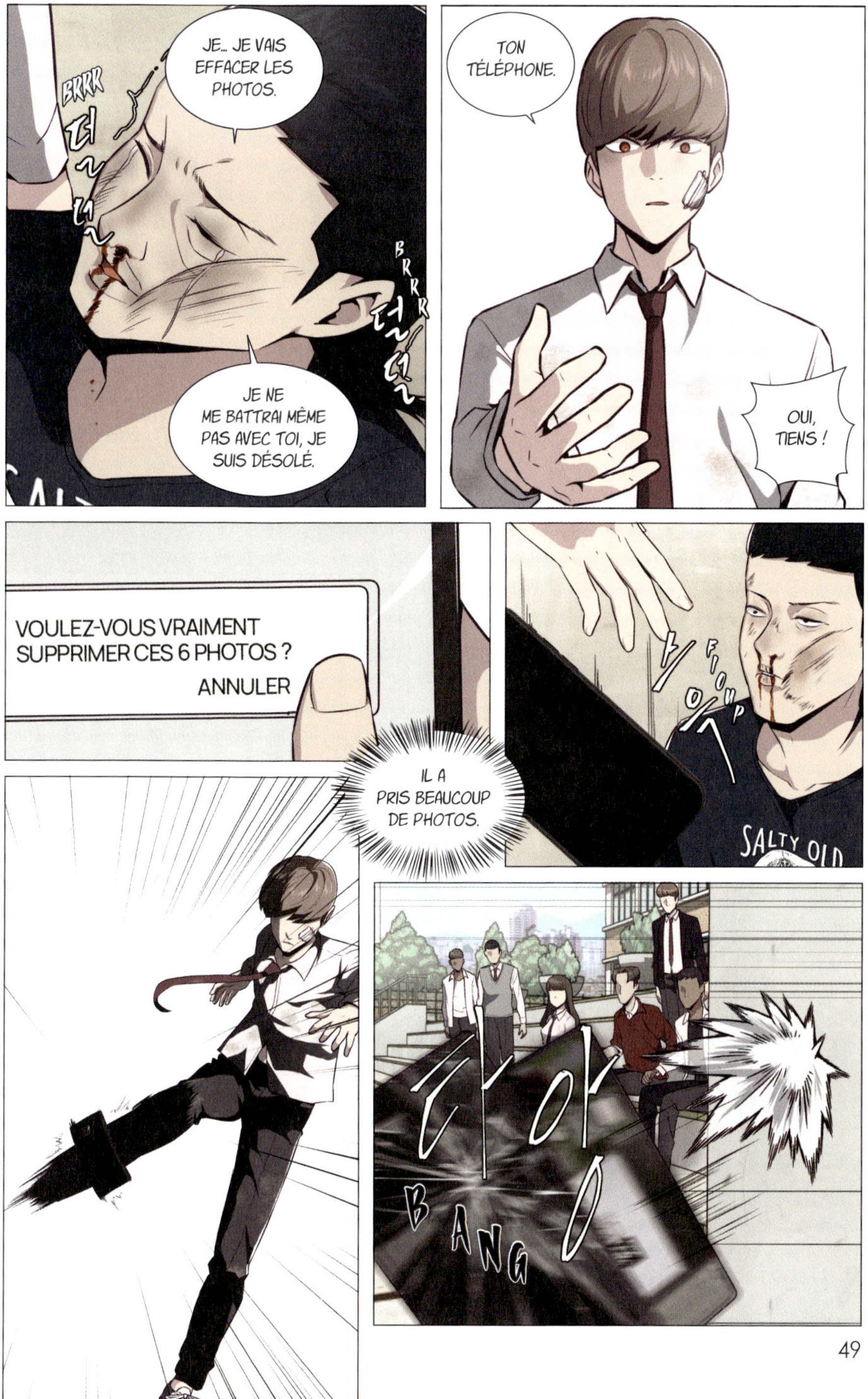
JE... JE VAIS EFFACER LES PHOTOS.
BRRR
JE NE ME BATTRAI MÊME PAS AVEC TOI, JE SUIS DÉSOLÉ.
BRRR
TON TÉLÉPHONE.
OUI, TIENS !
VOULEZ-VOUS VRAIMENT SUPPRIMER CES 6 PHOTOS ?
ANNULER
FIOUP
IL A PRIS BEAUCOUP DE PHOTOS.
SALTY OLD
BANG

MON... MON PORTABLE...
HÉ...
ESTIME-TOI HEUREUX.
URGH
LA PROCHAINE FOIS, C'EST TA TÊTE QUE JE BRISERAI.
TAP
TAP
BRRR
OUI... D'ACCORD.
BRRR
C'EST TERMINÉ.
ALLONS-Y.
ATTENDS-MOI.
8 BUTS, TOUT SEUL, EN 20 MINUTES.

SI ON SE BAT À L'ÉCOLE, C'EST L'EXPULSION.
IL A TIRÉ DANS LE BALLON, C'EST PAS UNE BAGARRE, SI ?
CETTE VIDÉO NE PEUT MÊME PAS ÊTRE UTILISÉE COMME PREUVE, ON VOIT TRÈS BIEN QUI A COMMENCÉ, HAHA !
IL EST VRAIMENT TROP COOL. JE VAIS M'INSCRIRE À LA FAC DE FOOTBALL DIRECT.
LA VIDÉO DE KYEONG-HO LEE JOUANT AU FOOT A MARQUÉ TOUT LE LYCÉE DE RYUSEONG.
OUAH, TRÈS CRÉATIF COMME AFFRONTEMENT.
C'EST COMME ÇA QU'ON ÉCRASE QUELQU'UN AU LYCÉE, HAHA !
ET LA VIDÉO A VITE FAIT DE SE RÉPANDRE JUSQU'AUX CAÏDS DU LYCÉE.
IL S'APPELLE COMMENT ?
KYEONG-HO LEE ?
IL EST VRAIMENT INTÉRESSANT ?

*ENVIRON 200 EUROS.

ON S'EN FICHE, JIN-OH, REGARDE PLUTÔT ÇA !
C'EST UNE VIDÉO DU NOUVEAU.
SALTY OLD SEA DOG
FAIS VOIR.
ZIEUT
DEPUIS TOUT À L'HEURE, TOUT LE MONDE PARLE DE LUI.
BIZUTAGE INVERSÉ.
C'EST LUI ?
COMMENT PEUT-IL FOUTRE LA MERDE DÈS SON PREMIER JOUR.
24:11
28:11
SI ON NE FAIT RIEN APRÈS S'ÊTRE FAIT HUMILIER COMME ÇA, IL VA NOUS PRENDRE POUR DES LOSERS.
TABASSONS-LE DEMAIN.
BAAM

NOUS ?
TU FOUS LA MERDE ET TU NOUS DEMANDE DE NETTOYER ?
BOUM
TU T'ES FAIT ÉCLATER ET TU AS SALI NOTRE IMAGE.
TU TE SENS PLUS PARCE QUE TU TRAÎNES AVEC NOUS ?
DÉ... DÉSOLÉ.
ㅋㅋㅋ
HAHAHA !
ㅋㅋㅋ
HAHAHA !
IL N'Y A PAS DE « NOUS » QUI TIENNE.
À PARTIR DE MAINTENANT, TA PLACE EST LÀ-BAS, D'ACCORD ?

MAIS...
JE PENSE QUE JE VAIS AUSSI M'OCCUPER DE CE NOUVEAU.
AMÈNE-LE-MOI DEMAIN.
하아
HA...
29 - SÉCHONS LES COURS !

TU PEUX RENTRER.
VITE.
PFUIT
OUAIS.
TAP
TAP
VLAN
DÉPÊCHE-TOI !

T'ES LENT COMME UN ESCARGOT.
BOUM
HEIN ?
DE QUOI TU PARLES ?
DÉSHABILLE-TOI.
TU T'ES BLESSÉ PENDANT LE MATCH, MAIS TU N'AS PAS PU TE FAIRE SOIGNER POUR NE PAS PARLER DE CE QU'IL S'EST PASSÉ.
OUF... J'AI EU PEUR, J'AVAIS MAL COMPRIS.
C'EST PAS UNE BLAGUE ! DÉPÊCHE-TOI, JE SAIS QUE T'ES BLESSÉ À L'ÉPAULE !
TAP
TU AS DÉJÀ BEAUCOUP D'HÉMATOMES...
TAP
CES BLEUS DATENT DE LA DERNIÈRE FOIS ?
OUAIS.
DÉSOLÉE...

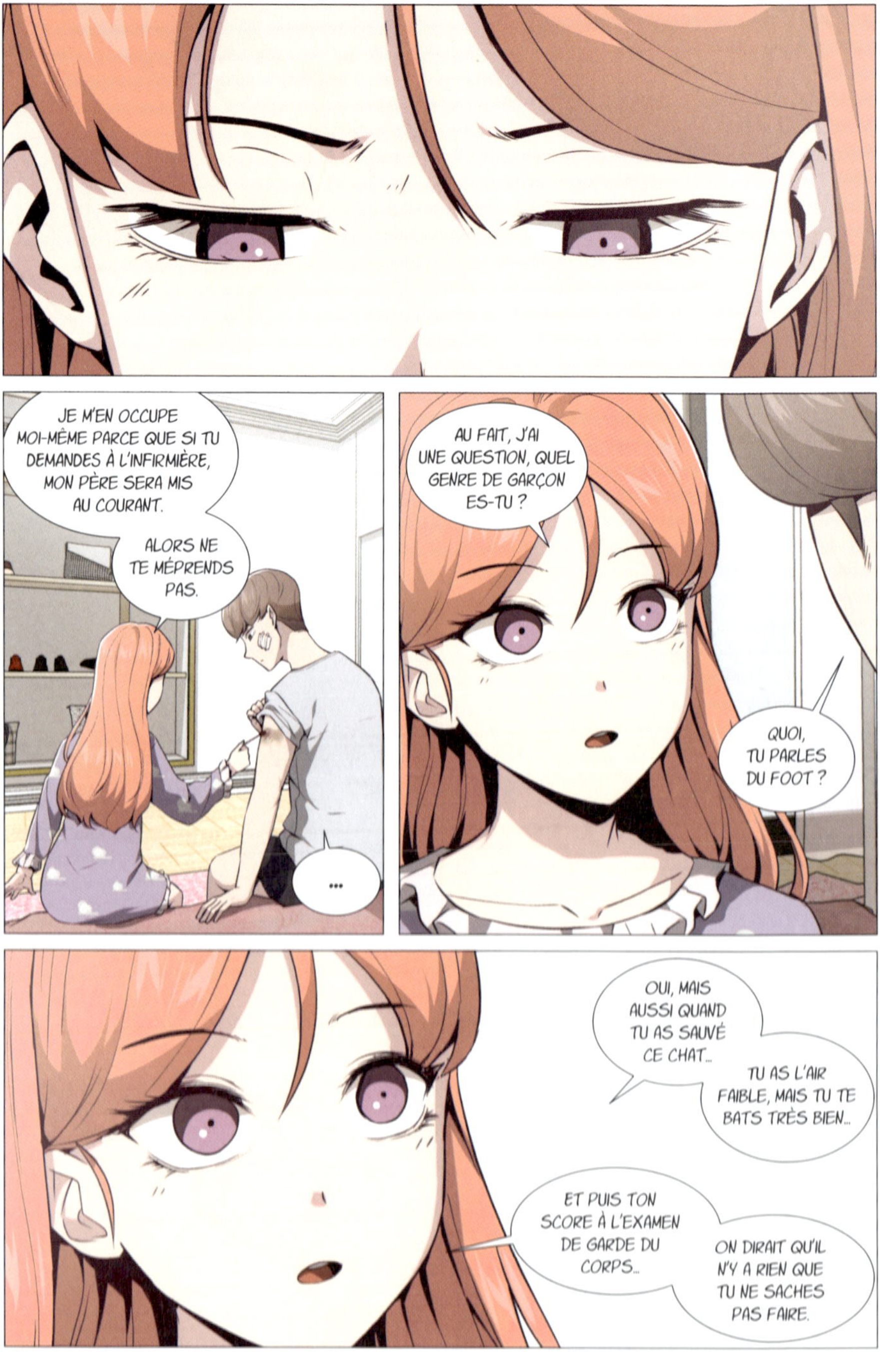
JE M'EN OCCUPE MOI-MÊME PARCE QUE SI TU DEMANDES À L'INFIRMIÈRE, MON PÈRE SERA MIS AU COURANT.
ALORS NE TE MÉPRENDS PAS.
...
AU FAIT, J'AI UNE QUESTION, QUEL GENRE DE GARÇON ES-TU ?
QUOI, TU PARLES DU FOOT ?
OUI, MAIS AUSSI QUAND TU AS SAUVÉ CE CHAT...
TU AS L'AIR FAIBLE, MAIS TU TE BATS TRÈS BIEN...
ET PUIS TON SCORE À L'EXAMEN DE GARDE DU CORPS...
ON DIRAIT QU'IL N'Y A RIEN QUE TU NE SACHES PAS FAIRE.

OH, HEU...
OUI, PEUT-ÊTRE QU'ELLE...
ELLE PEUT VOIR LES ESPRITS, PEUT-ÊTRE QUE JE PEUX LUI PARLER DES TICKETS ?
TU ES UNE SORTE DE GÉNIE ?
MOUI.
ON NE M'A ENCORE JAMAIS QUALIFIÉ DE GÉNIE.
INTÉRESSANT.
ET VOILÀ.
AÏE !
TAC
FWOUSH
CE QUI S'EST PASSÉ AUJOURD'HUI DOIT RESTER SECRET.
SI MON PÈRE TE SAVAIT ICI, CE SERAIT LA FIN POUR TOI.
BIEN SÛR QUE JE GARDERAI LE SECRET, JE NE SUIS PAS BÊTE.

HOP
AH, MINCE...
POURQUOI C'EST SI HAUT.
DONNE, JE VAIS LE RANGER.
HEIN ?
ZWISH
JE L'AI !
TAC

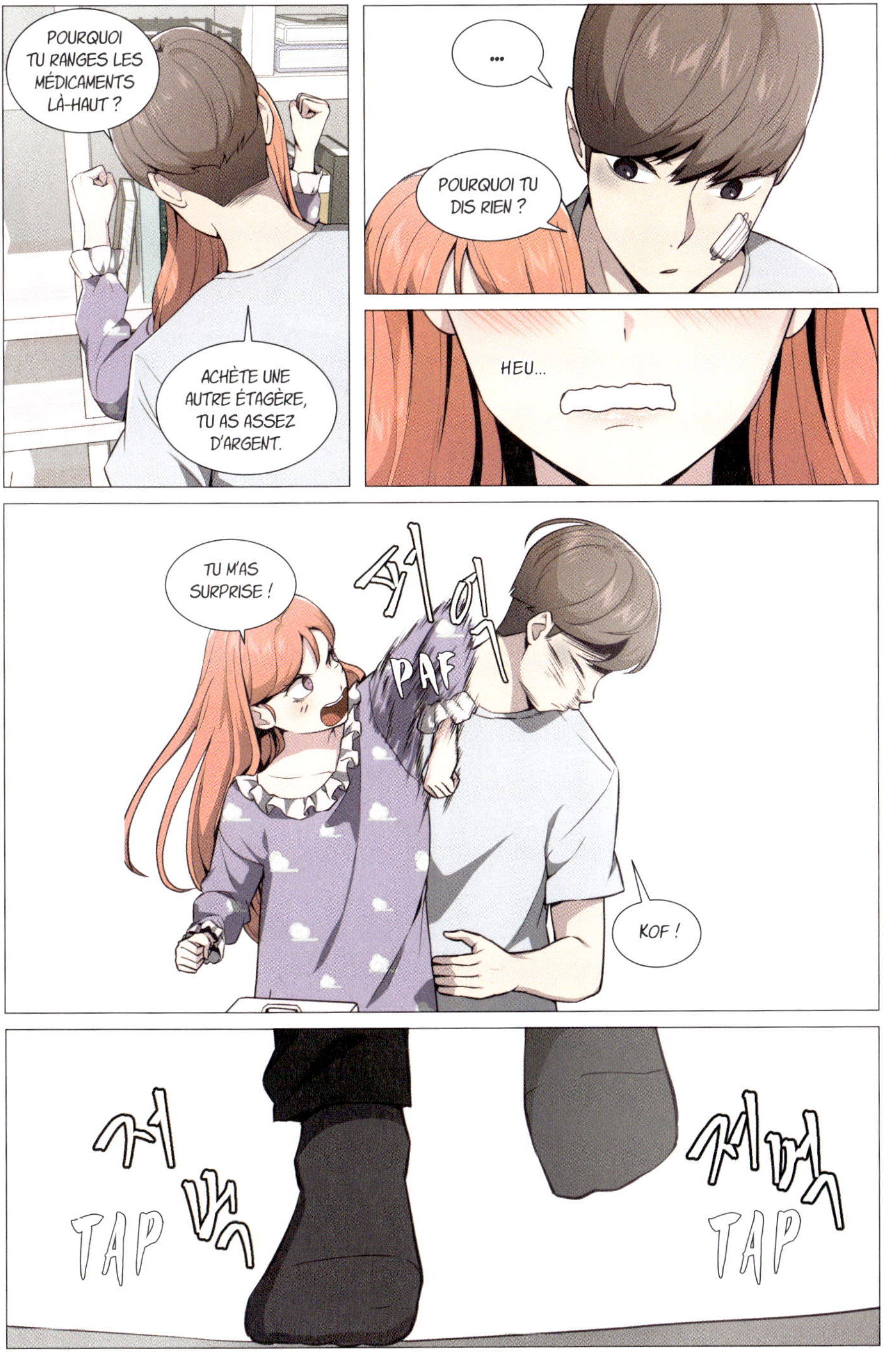
POURQUOI TU RANGES LES MÉDICAMENTS LÀ-HAUT ?
ACHÈTE UNE AUTRE ÉTAGÈRE, TU AS ASSEZ D'ARGENT.
...
POURQUOI TU DIS RIEN ?
HEU...
TU M'AS SURPRISE !
PAF
KOF !
저벅
TAP
저벅
TAP

TAP
TAP
TOC
TOC
CHAE-YEON, JE PEUX ENTRER ?
HEU, ATTENDS PAPA !
CACHE-TOI ! CACHE-TOI !
HUM
OÙ... OÙ ÇA ?!
HEU...
C'EST QUOI CE BAZAR ?
BAM
BIM
C'EST BON, TU PEUX VENIR.
VSHH

C'ÉTAIT QUOI, CE BRUIT QUE J'AI ENTENDU ?
JE NETTOYAIS LA CHAMBRE.
저벅
TAP
저벅
TAP
OUAH, C'EST PLUTÔT RARE QUE TU FASSES ÇA TOUTE SEULE.
MA PETITE CHÉRIE GRANDIT.
TAP
TAP
BIEN SÛR !
ALORS, COMMENT C'ÉTAIT D'ALLER À L'ÉCOLE POUR LA PREMIÈRE FOIS DEPUIS SI LONGTEMPS ?
C'ÉTAIT SYMPA !
JE M'INQUIÈTE TOUJOURS BEAUCOUP POUR TOI.
J'AURAIS DÛ T'ENVOYER DANS UNE ÉCOLE PRIVÉE POUR QUE TU TE FASSES DE BONS AMIS ET QUE JE NE M'INQUIÈTE PAS...
NON, J'AIME BIEN CE LYCÉE !
JE SAIS QUE TU L'AS CHOISI CAR C'EST LE PLUS PROCHE EN CAS DE DANGER.

OUI, ET MAINTENANT QUE TU SAIS QUE C'EST DANGEREUX, TU NE DOIS JAMAIS SORTIR DE L'ENCEINTE DU LYCÉE.
D'ACCORD ?
PAF
PAF
OUI.
!!
HIPS
!!
CE BRUIT VIENT DE SOUS LE LIT...
?
PAPAAAA...
ZWISH

FWISH
!
S'IL ME VOIT...
QUE FAIS-TU CACHÉ ICI ?
NOUS ALLONS DESCENDRE AU SOUS-SOL ET TU VAS ME RÉPONDRE.
C'EST FOUTU !
S'IL ME DÉCOUVRE, IL VA ME VIRER.
FWIP
AAAARGHHHH !

TCHA
PAPA ! JE VAIS MOURIR !
FRSHH
J'AI TROP MAL AU VENTRE, S'IL TE PLAÎT, APPELLE L'INFIRMIÈRE !
FRSHH
ÇA VA, CHAE-YEON ?
FRSHH
NAN ÇA VA PAS ! J'AI MAL AU VENTRE !
FRSHH
ALLONS À L'INFIRMERIE IMMÉDIATEMENT. MA PETITE CHÉRIE NE DOIT PAS TOMBER MALADE.
TAP
TAP
ÇA FAIT SUPER MAL, PUTAIN !
SURVEILLE TON LANGAGE !
HAA...

ON A EU CHAUD, J'AURAIS PU ME FAIRE VIRER S'IL M'AVAIT TROUVÉ LÀ, NON ?
OUI, TU PEUX DIRE MERCI À MES TALENTS D'ACTRICE.
AH, OUI.
ET SINON, COMMENT ON SORT D'ICI ?
SI ON FAIT LE MUR, LE PRÉSIDENT LE SAURA, N'EST-CE PAS ?
OUI, SI ON DISPARAÎT, ILS VONT SÛREMENT PRÉVENIR LES GARDES.
DANS CE CAS...
POURQUOI NE PAS DIRE QU'ON EST MALADE ET PARTIR PLUS TÔT ?
PARTIR PLUS TÔT ?
J'AI UNE IDÉE POUR SORTIR D'ICI !
C'EST POSSIBLE, TU VAS VOIR. SUIS-MOI !
TAP TAP TAP
다다닥
TAP TAP TAP
다다닥
ATTENDS-MOI !

SALLE DES PROFESSEURS
DITES DONC VOUS DEUX, VOUS N'ÊTES LÀ QUE DEPUIS UNE SEMAINE ET VOUS ESSAYEZ DÉJÀ DE SÉCHER LES COURS ?!
SI VOUS VOULEZ VRAIMENT PARTIR PLUS TÔT, ALLEZ À L'INFIRMERIE VOUS FAIRE AUSCULTER ET RAPPORTEZ-NOUS UNE ATTESTATION !
TAC
C'EST NUL.
ON S'EST FAIT GRONDER À CAUSE DE TOI.
MAIS C'ÉTAIT MON PLAN.
TU SAIS METTRE DU MAQUILLAGE ?
BIEN SÛR, C'EST MA SPÉCIALITÉ.
POF
POF
POF
POF

톡 POF
톡 톡 POF
톡
EST-CE QUE ÇA VA COMME ÇA ?
OUAIS, IL FAUT QUE ÇA AIT L'AIR LE PLUS DOULOUREUX POSSIBLE.
C'EST FINI, REGARDE.
TEND
PARFAIT, ÇA DEVRAIT SUFFIRE !
MAIS ESTOMPONS UN PEU LE TOUT !
QUAND JE NE VOULAIS PAS ALLER EN COURS, JE CHERCHAIS TOUS LES MOYENS POUR PARTIR PLUS TÔT.
DONC TU AS SOUVENT ESSAYÉ CETTE MÉTHODE ?
NON, JE NE SAIS PAS ME MAQUILLER.

INFIRMERIE
LES INFIRMIÈRES DU LYCÉE REPÈRENT VACHEMENT BIEN LES MENTEURS.
TU DOIS PRÉTENDRE ÊTRE MALADE DU MIEUX QUE TU PEUX, OK ?
OUI, JOUER LA COMÉDIE, C'EST AUSSI MA SPÉCIALITÉ !
?
DRRR
GLOUPS

FROT
FROT
MERDE, ELLE M'A GRILLÉ.
...
ÇA VA ALLER, ON N'A QU'À ÊTRE CRÉDIBLES.
OUI.
DRRR
SHHH

ÇA FAIT LONGTEMPS, NON ?
HEIN ?
?
J'AI ENCORE QUELQUE CHOSE À TE DIRE.
MAIS... QUE FAITES-VOUS LÀ ?
HIN
HIN

Dead
TICKET

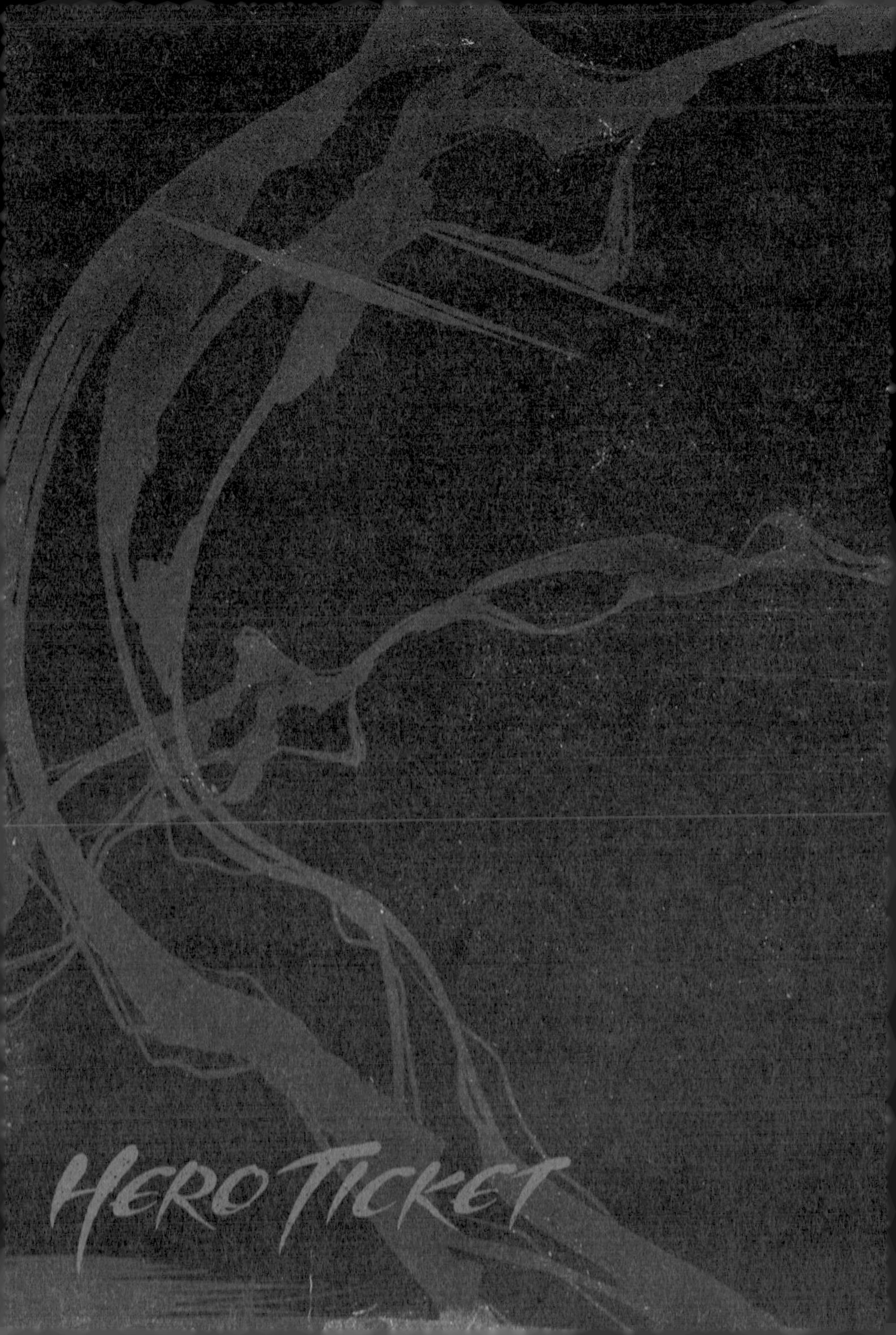
HeroTicket

!!
?
QU'EST-CE QUE TU FAIS ?
DRR
ATTENDS-MOI DEHORS UN INSTANT !
DONNE-MOI 5... NON, 10 MINUTES !
TAC
...
CLIC
QU'EST-CE QUE TU FAIS ICI ?!
POURQUOI TU VIENS ALORS QUE TOUT LE MONDE PEUT TE VOIR ?!
QU'EST-CE QU'IL SE PASSERAIT SI LES GENS APPRENAIENT QUE LA DÉESSE DE LA MORT EXISTE ?

TU T'INQUIÈTES POUR RIEN.
ASSIEDS-TOI ET DISCUTONS.
30 - COMMENT VAINCRE LES CAÏDS
C'EST CHIANT.
DRR
INFIRMERIE
JE SUIS DÉSOLÉ, C'EST UNE CONNAISSANCE, ON DOIT PARLER UN PETIT MOMENT.
DÉPÊCHE !
TAC

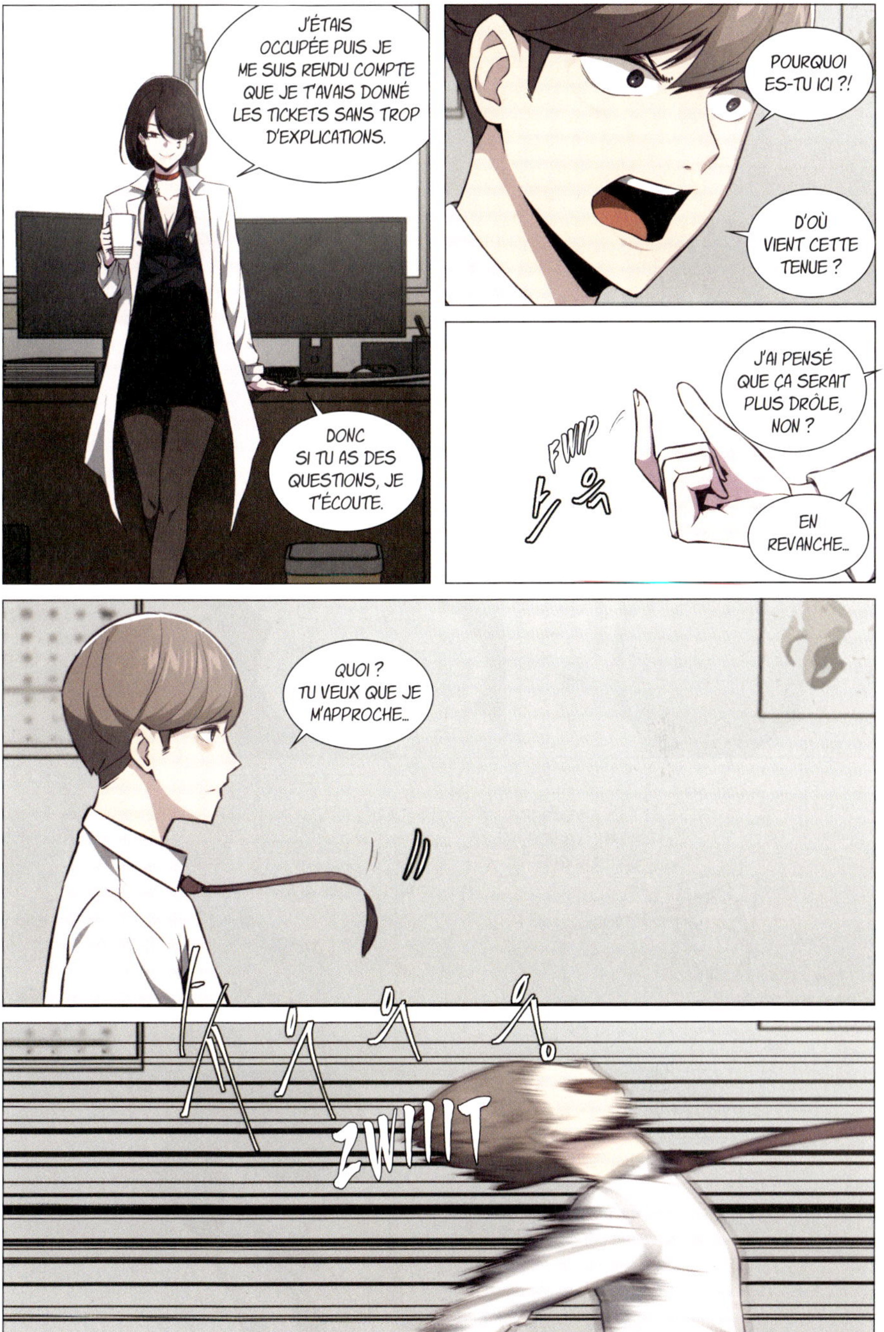

J'ÉTAIS OCCUPÉE PUIS JE ME SUIS RENDU COMPTE QUE JE T'AVAIS DONNÉ LES TICKETS SANS TROP D'EXPLICATIONS.
DONC SI TU AS DES QUESTIONS, JE T'ÉCOUTE.
POURQUOI ES-TU ICI ?!
D'OÙ VIENT CETTE TENUE ?
FWIP
J'AI PENSÉ QUE ÇA SERAIT PLUS DRÔLE, NON ?
EN REVANCHE…
QUOI ? TU VEUX QUE JE M'APPROCHE…
ZWIIIT

TCHAG
POURQUOI TU ME TUTOIES, TU VEUX MOURIR ?
URGH
PARDONNEZ-MOI… C'EST QUE LA DERNIÈRE FOIS JE VOUS AI TUTOYÉE, J'AI CRU QUE JE POUVAIS ENCORE…
FAIS ATTENTION À L'AVENIR, J'AI 500 ANS DE PLUS QUE TOI.
TAP
OUI… JE N'Y MANQUERAI PAS.
DONC, VOUS ÊTES INVISIBLE POUR LES GENS ?
POURTANT, CHAE-YEON A L'AIR DE POUVOIR VOUS VOIR.
CE N'EST PAS UN PROBLÈME ?
TU ES VRAIMENT CURIEUX.
JE PEUX FAIRE EN SORTE QUE LES GENS ME VOIENT OU NON.
C'EST MOI QUI CHOISIS.

JE PEUX EFFACER LA MÉMOIRE DE CEUX QUI M'ONT VUE...
J'AI CRU VOIR QUELQUE CHOSE.
ET FAIRE DISPARAÎTRE TOUT SOUVENIR DE MOI.
QUOI ?
MAIS ALORS D'OÙ VIENNENT CES VÊTEMENTS ?
VOUS NE LES AVEZ PAS... VOLÉS ?
ÇA T'INTRIGUE ?
TU VEUX SAVOIR ?
QU'EST-CE QU'ILS FONT CES DEUX-LÀ ?
JETONS UN ŒIL...
QUE... QUOI ? QU'EST-CE QU'IL Y A ?!
촤악
FRSHH
POURQUOI VOUS TIREZ LE RIDEAU ?
ELLE... ELLE MANIGANCE QUELQUE CHOSE !
LES VOLER ?
POUR QUOI FAIRE ?
!!

N'OUBLIE PAS.
JE SUIS UNE DÉESSE.
SHIOUK
ÇA RÉPOND À TA QUESTION ?
OK... VU QU'ELLE EST UNE DÉESSE DE LA MORT...
C'EST HORS DE MON CHAMP DES POSSIBLES...

AH ! JE N'AI PARLÉ DES TICKETS À PERSONNE, EST-CE QUE JE DOIS GARDER LE SECRET ?
LES TICKETS, SECRETS ?
TU PEUX EN PARLER.
ET PUIS...
ÇA SERAIT PLUS AMUSANT, NON ?
CEPENDANT, JE NE TE LE CONSEILLE PAS...
OU TU DEVRAS EN PAYER LE PRIX.
...

PARCE QUE L'HUMAIN...
EST LE PLUS AVIDE ET ÉGOÏSTE...
DES ÊTRES VIVANTS
C'EST VRAI... C'EST POUR ÇA QUE LE MONDE REGORGE D'ORDURES.
MAIS, CHAE-YEON HAN, CELLE QUI VOIT LES ESPRITS, ELLE N'EST PAS AU COURANT ?
EH BIEN... C'EST LE MARCHÉ DES ENFERS, DONC ELLE POURRAIT LE VOIR UN INSTANT. MAIS SI BREF QUE TU N'AS PAS À T'EN INQUIÉTER.
BON, JE SUIS VENUE PARCE QU'AU VU DE TES PROGRÈS...
ON DIRAIT QU'IL VA TE FALLOIR PLUS D'UNE ANNÉE ENTIÈRE AVANT DE TROUVER TA MÈRE.
PARLER DES ESPRITS EST TABOU, DONC JE NE PEUX PAS T'EN DIRE PLUS QUE CE QUE JE T'AI DÉJÀ RÉVÉLÉ JUSQU'À PRÉSENT.
MAIS JE VAIS TROUVER DES ESPRITS QUI LA CONNAISSENT.

MERCI, MAIS...
POURQUOI EST-CE QUE VOUS M'AIDEZ COMME ÇA ?
EH BIEN...
TU LE DÉCOUVRIRAS BIEN ASSEZ TÔT.

끼익
CUI
끼익
CUI
HEUREUSEMENT, SIERRA A DIT QU'ELLE CHERCHERAIT UN ESPRIT LIÉ À MA MÈRE.
JE DOIS JUSTE ME RENDRE À TOUS LES ENDROITS OÙ MA MÈRE A PU SE TROUVER.

UNE CHANCE QUE J'AIE UNE CONNAISSANCE AU LYCÉE.
ÇA SERA FACILE DE QUITTER LES COURS PLUS TÔT.
AHEM...
QUOI ? QU'EST-CE QU'IL Y A ?
JE SUIS DÉSOLÉ DE T'AVOIR MISE À LA PORTE TOUT À L'HEURE... C'ÉTAIT IMPORTANT...
QUI EST CETTE FEMME ?!
JE SUIS SÛRE QU'ELLE A CHOISI D'ÊTRE INFIRMIÈRE AU LYCÉE PARCE QU'ELLE AIME LES JEUNES HOMMES !
ÉLOIGNE-TOI D'ELLE, ELLE EST BIZARRE.
MAIS NON...
ELLE N'A RIEN DE BIZARRE...
COMMENT ÇA « NON » ? JE VOIS CLAIR DANS SON JEU ! J'EN SUIS SÛRE !
ET PUIS, ELLE N'EST PAS PLUS BELLE QUE MOI...
NON C'EST VRAI.

시 익 긁
HMM
...
C'EST SOÛLANT...
POURQUOI ELLE A L'AIR AUSSI RENFROGNÉE.
궁시렁 궁시렁
PSSST PSSST
HÉÉÉÉÉÉ !
?
C'EST VOUS QUI AVEZ FAIT ÇA ?!
DE QUOI TU PARLES ? ON N'A RIEN FAIT !
PROUVE-LE !

ILS SONT DANS NOTRE LYCÉE, NON ?
TU NE DEVRAIS PAS TE MÊLER DES AFFAIRES DES AUTRES.
ALLONS NOUS OCCUPER D'EUX TOUT DE SUITE.
FWIP
ATTENDS.
TU NE SAIS MÊME PAS CE QU'IL S'EST PASSÉ.
NE FAIS PAS LA CURIEUSE ET PASSONS NOTRE CHEMIN.
N'IMPORTE QUOI, ÇA SE VOIT TRÈS BIEN QUE CE SONT TROIS MECS QUI HARCÈLENT UNE FILLE !
ET VU QUE TU ES LE PLUS FORT DE L'ÉCOLE...
TU PEUX LEUR FAIRE PEUR RIEN QU'EN LEUR PARLANT !
ELLE ME PREND POUR UNE ARME HUMAINE, OU QUOI ?
JE NE POURRAI PAS LEUR FAIRE PEUR RIEN QU'EN PARLANT, MÊME AVEC UN TICKET...
ET JE NE PEUX PAS ME PERMETTRE DE GASPILLER UN TICKET POUR CES TYPES...

SBLAF
ORDURE...
TU OSES ME REGARDER COMME ÇA ?
TU VEUX QUE JE TE BRÛLE LES YEUX AVEC MA CLOPE ?
HÉÉÉÉ !
POURQUOI VOUS EMBÊTEZ UNE PERSONNE SEULE !
HAA...
ELLE VEUT QUOI, ELLE ?
T'ES SA POTE ?
COLLECTE DE VÊTEMENTS
DEPUIS QUAND ON DOIT ÊTRE AMIS POUR DÉFENDRE QUELQU'UN ?
SI TU LA CONNAIS PAS, DÉGAGE ! SI TU NE VEUX PAS MOURIR !
VOUS POURRIEZ PARLER PLUS GENTIMENT. POURQUOI VOUS LA FRAPPEZ ?
VOUS AVEZ BESOIN D'UNE LEÇON POUR VOUS RÉVEILLER ?!
JE PARLAIS GENTIMENT AVEC TOI, MAIS LÀ...

CLAC
T'ES SON CHEVALIER SERVANT, ESPÈCE D'IDIOT ?
GNÉHÉ
CE MEC REGARDE TROP LA TÉLÉ !
HEIN ?
ATTENDS...
TAC
C'EST PAS LE NOUVEAU DU LYCÉE ?
QUI ?
LE MEC QUI A BATTU JUN-HO LEE AU FOOT HIER.
AH OUAIS ?
C'EST VRAI, J'AI REGARDÉ LA VIDÉO DIX FOIS, IL EST SUPER FORT !
VRAIMENT ? ILS PENSENT QUE JE SUIS FORT ?
DANS CE CAS, PEUT-ÊTRE QUE JE PEUX LE FAIRE SANS TICKET.

HÉ !
QUE... QUOI ?
SI VOUS NE VOULEZ PAS VOUS FAIRE ÉCRASER COMME LE MEC D'HIER, FOUTEZ LE CAMP.
ON EST EN DEHORS DU LYCÉE LÀ, DONC TOUT EST PERMIS, JE N'IRAI PAS DE MAIN MORTE.
HEU... ON FAIT QUOI ?
QU'EST-CE QU'ON FAIT ? ON LE TABASSE !
!!
BIEN JOUÉ, JIN-OH NOUS A DIT DE LUI RAMENER CE MEC, ÇA TOMBE BIEN !
MINCE ! TROP TARD, J'AURAIS DÛ UTILISER UN TICKET !

후 웅
VIOUUUM
HEIN ? QUOI ?
?
JE VIENS DE…
J'AI ESQUIVÉ ?
EH BEN ! QU'EST-CE QUE VOUS ATTENDEZ, TABASSEZ-LE !
C'EST QU'UN COUP DE CHANCE !
다 TAP
TAP
다 TAP
다 TAP
다 TAP
MERDE !
다 TAP
닥 TAP

AAAHHH !
POURQUOI EST-CE QUE LEURS FRAPPES SONT SI LENTES ?
C'EST DIFFÉRENT D'UN COMBAT CONTRE DES VOYOUS !
CETTE TECHNIQUE...
JE ME SOUVIENS...

BAM
L'AVOIR DÉJÀ UTILISÉE !
C'EST...
CELLE DE MOHAMED ALI ?!
SANS UTILISER DE TICKET ?!

ZWOUP
SHRRRF
STOP
HEIN…
QUOI ?
QUE…
JE PEUX ENCORE L'UTILISER ?
JE SUIS PRESQUE TOMBÉ DANS LES POMMES !
IL FAIT DE LA BOXE ?

QU'EST-CE QUE VOUS FOUTEZ ? FRAPPEZ-LE, VITE !
TAP TAP TAP
TAP TAP TAP
FWIP
FWIP
BIM
PLAF
KI-CHEOL !

BAM
SBLAM

IL EST VRAIMENT SI FORT ?
J'AI UTILISÉ CES MOUVEMENTS PAR RÉFLEXE ?
COMMENT JE PEUX UTILISER CES COMPÉTENCES ?
JE N'AURAIS JAMAIS CRU POUVOIR AFFRONTER DES VOYOUS.
DANS CE CAS...
TU... TU FAIS QUOI ?
FWIP

BIM
EURGH !
ARGH…
PLAF
QU'EST-CE QU'IL… VIENT DE FAIRE ?
C'EST LE COUP DE POING SANS RECUL !
JE M'EN SOUVIENS VAGUEMENT.
C'EST BIEN MOINS PUISSANT, MAIS…
LA TECHNIQUE EST TOUJOURS ANCRÉE DANS MA MÉMOIRE.

FWIP
QUE... QUOI ?
VOYONS CE QUE ÇA PEUT DONNER.
EST-CE QUE ÇA AUSSI, ÇA FONCTIONNE ?
BAM
ET ÇA ?
BOUM
BIM
BAM
OU ALORS ÇA ?

31 - Expérimentation des techniques
부들
BRRR
부들
BRRR
부들
BRRR
부들
BRRR
C'EST UN PEU FAUSSÉ COMME EXPÉRIENCE VU QU'ILS SONT FAIBLES.
ÇA SUFFIRA PEUT-ÊTRE À GAGNER DES COMBATS SANS TICKET ?
씨익
HUM
ÇA, C'EST MON GARDE DU CORPS !
TU AURAIS DÛ LES ÉCRASER PLUS TÔT !
C'EST VRAI...
107
?
QUOI ?
DEBOUT !
COLLECTE DE VÊTEMENTS

FROUSH
RÉPONDS-MOI !
FROUSH
PFFFF...
IL EST DANS LES VAPES !
VIOUSH
...
FWIP

TAP
TAP
ELLE NE DIT MÊME PAS MERCI…
ARGH
MA TÊTE…
LE NOUVEAU.
?
T'AS À PEINE GAGNÉ EN ATTAQUANT EN PREMIER, DONC FAIS PAS LE MALIN.
LES MECS SONT TOUJOURS À TA RECHERCHE…
ET SI CES MONSTRES T'ATTRAPENT, T'ES MORT.
ILS ME CHERCHENT ?
POURQUOI ILS CHERCHERAIENT KYEONG-HO ?
À CAUSE DU MATCH D'HIER ?
BIEN SÛR !
SEUNG-WAN KIM, PYEONG-YOON LEE ET JIN-OH CHEON, ILS TE CHERCHENT TOUS.

NE TE SURESTIME PAS PARCE QUE TU TE BATS CONVENABLEMENT.
CE SONT DE VRAIS MONSTRES.
TOI AUSSI, TU ES UN MONSTRE, S'IL TE PLAÎT ÉPARGNE-MOI.
POURQUOI IL M'A FRAPPÉ D'UN COUP ?
KYEONG-HO... QUE FAIT-ON ? IL DIT QUE CE SONT DES MONSTRES !
...
TU VEUX DES INFOS SUR LE GANG DES CAÏDS ?
OUAIS.

PYEONG-YOON LEE, SEUNG-WAN KIM ET JIN-OH CHEON...
LE GROUPE TOURNE AUTOUR DE CES TROIS-LÀ...
LE PREMIER, PYEONG-YOON LEE, C'EST JUSTE UN MEC BALÈZE DE NATURE.
IL EST GRAND ET MUSCLÉ, CE QUI REND DIFFICILE LES ATTAQUES CONTRE LUI.
IL ÉTAIT DÉJÀ DOUÉ POUR LA BASTON, MAIS DEPUIS QU'IL S'EST MIS À LA BOXE, IL EST PRESQUE PARFAIT.
BAM
BIM
BAM
BAM BOUM
ET COMME IL DÉTESTE PERDRE, IL S'ENTRAÎNE JOUR ET NUIT S'IL REÇOIT LE MOINDRE COUP.

LE SUIVANT, C'EST SEUNG-WAN KIM, UN FOU QUI EST ALLÉ EN PRISON POUR MINEURS.
IL Y EST RESTÉ ASSEZ LONGTEMPS PARCE QU'IL SE BATTAIT AVEC LES AUTRES PRISONNIERS.
IL SE BAT NORMALEMENT, MAIS S'IL A UNE ARME ENTRE LES MAINS, IL SE LÂCHE ET IL PEUT TABASSER UN ENNEMI JUSQU'À LE LAISSER POUR MORT.
LA RUMEUR DIT QU'IL POURRAIT BATTRE PYEONG-YOON S'IL AVAIT UNE ARME.
PAS DE QUOI ÊTRE FIER...
C'EST JUSTE ÇA, LE NIVEAU DES CAÏDS...
ET LE DERNIER, C'EST UN VRAI MONSTRE QU'AUCUN DES DEUX AUTRES NE PEUT BATTRE.
TALENT, GÉNIE, PHYSIQUE, MÊME SI J'EN RAJOUTE, C'EST PAS ASSEZ.
힉
칙
ZIEUT
ZIEUT
QU'EST-CE QUE TU FAIS ?
CE QU'IL DÉTESTE LE PLUS, C'EST QU'ON PARLE DE LUI...
BREF, IL Y A EU UNE GROSSE BASTON ENTRE DES GANGS DE DIFFÉRENTS LYCÉES...

LA RUMEUR DIT QU'IL A ORDONNÉ À TOUS LES MECS DU LYCÉE DE LE REGARDER ÉCRASER SES ENNEMIS SEUL.
MÊME À 12 CONTRE 1, IL AURAIT TROUVÉ LE COMBAT DÉSÉQUILIBRÉ.
IL EST PAS NUMÉRO 1 POUR RIEN !

D'ACCORD, D'ACCORD, ET COMMENT IL S'APPELLE ?
CETTE EXPLICATION EST SUPER LONGUE...
NUMÉRO 1 ? DE QUOI ?
LE NUMÉRO 1, JIN-OH CHEON.
CHUT !
NE DITES JAMAIS QUE JE VOUS AI DIT ÇA.
POF
À QUI RACONTES-TU DES SECRETS ?
JIN... JIN-OH.
C'EST LUI JIN-OH CHEON ?
HÉ !
TAP
TAP
JE SAIS BIEN QUE TU DORS PAS.
FAIS PAS SEMBLANT ET LÈVE-TOI.

AH, COMMENT T'AS SU ?
OUI OUI
흥
OUPS
머쓱
ARRÊTE TES CONNERIES...
우적
GNOM
우적
GNOM
퉤
PFUIT
BOING
BOING
MANGEZ ÇA.
J'EN ÉPARGNERAI QU'UN SEUL.
QUEL MALADE ACCEPTERAIT ?
TAP TAP TAP

TAP
BAM
GLOUPS
JE... JE L'AI MANGÉ.
HÉHÉ!
C'EST GOÛT RAISIN... C'EST BON...
?!
IL L'A RAMASSÉ...

C'EST UNE BLAGUE, TU L'AS VRAIMENT BOUFFÉ.
BIEN...
BAAM

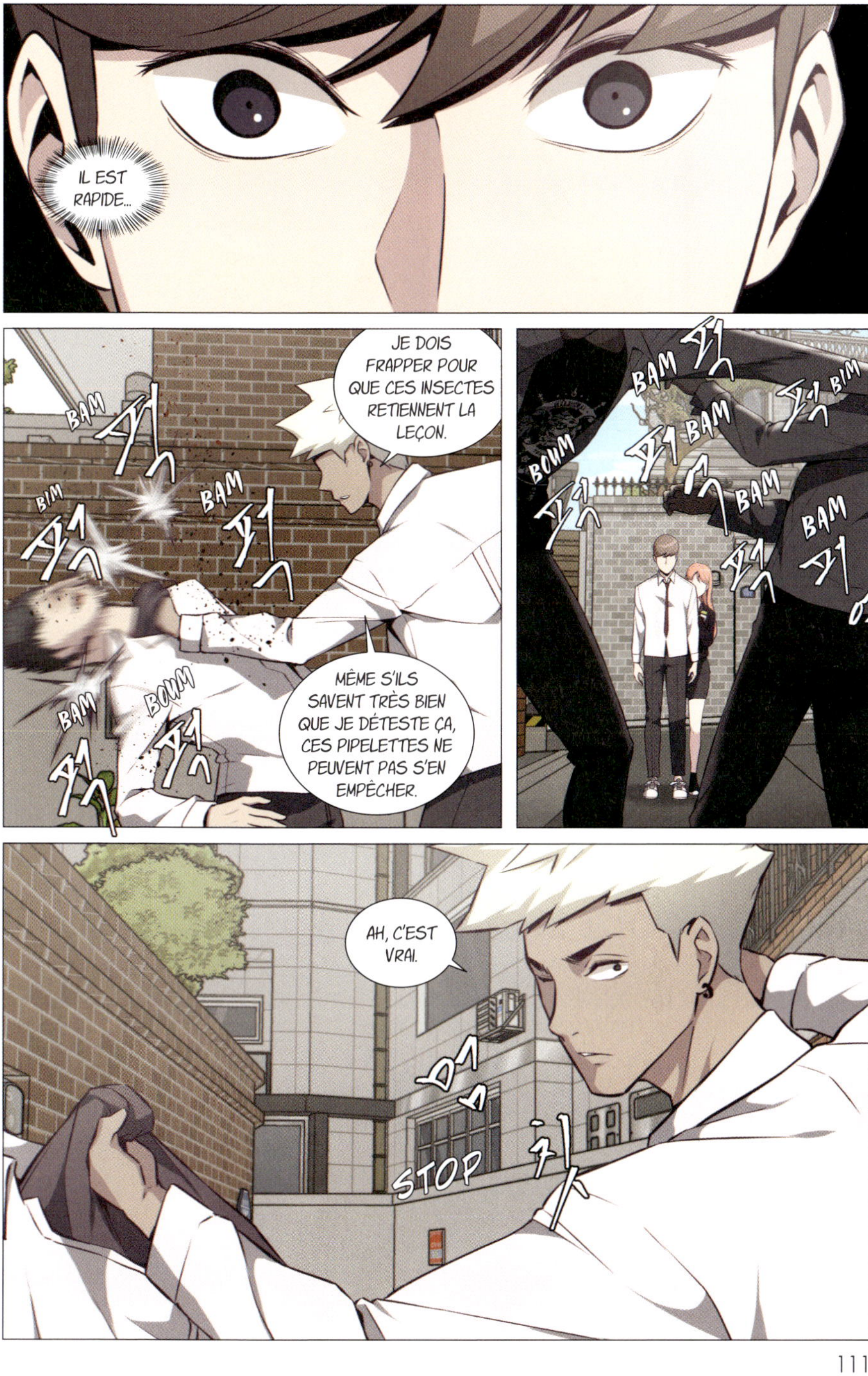

IL EST RAPIDE...
JE DOIS FRAPPER POUR QUE CES INSECTES RETIENNENT LA LEÇON.
BAM
BIM
BAM
BAM
BOUM
MÊME S'ILS SAVENT TRÈS BIEN QUE JE DÉTESTE ÇA, CES PIPELETTES NE PEUVENT PAS S'EN EMPÊCHER.
BAM
BIM
BOUM
BAM
BAM
BAM
AH, C'EST VRAI.
STOP

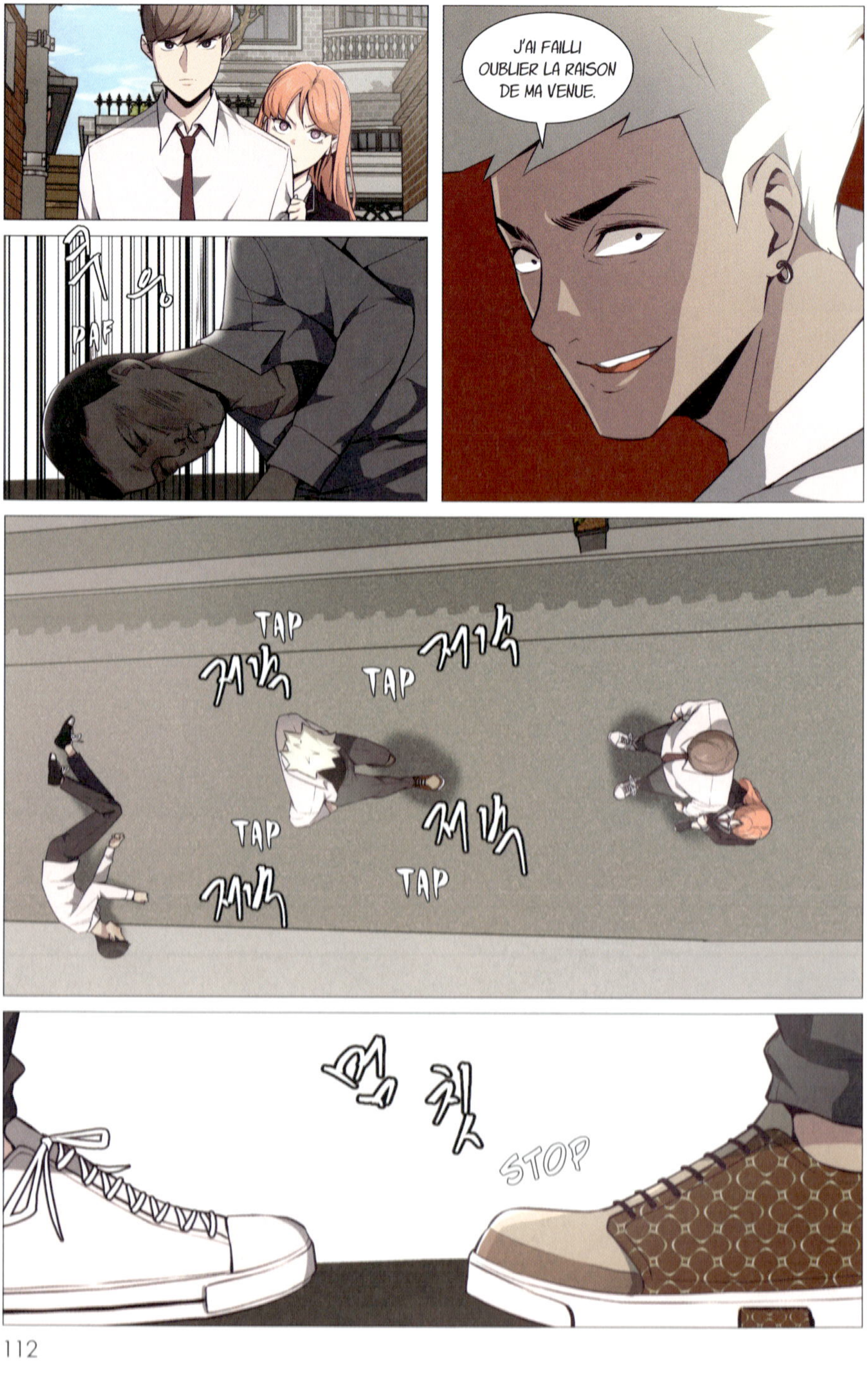
PAF
J'AI FAILLI OUBLIER LA RAISON DE MA VENUE.
TAP
저벅
TAP
저벅
TAP
저벅
TAP
저벅
멈칫
STOP

JE SUIS VENU TUER UN NOUVEAU.
MAIS J'AI CHANGÉ D'AVIS.
REJOINS NOTRE GANG.
VOTRE GANG ?
NON MERCI...

JE VAIS PLUTÔT FAIRE UNE EXPÉRIENCE AVEC TOI...
CRAC
CRAC
COLLECTE DE VÊTEMENTS

Dead
TICKET

TU VEUX FAIRE UNE EXPÉRIENCE ?
HÉ HÉ !
ÇA PEUT ÊTRE MARRANT.
32 - ARRÊTE DE FAIRE SEMBLANT ET VA T'ENTRAÎNER
T'AS FAIT QUE 10 TOURS ?! CONTINUE !
HAA... HAA...
ENCORE !
ENCORE !
HAA... HAA...
J'ÉTAIS PLUTÔT DISCRET, SANS GRAND INTÉRÊT POUR LE SPORT, ET SANS TALENT.
ALORS LES CAÏDS M'ONT PRIS POUR CIBLE...
HÉ LOSER !
TU SAIS FAIRE QUOI, EN FAIT ?
QUAND ILS COMMENCENT À S'EN PRENDRE À QUELQU'UN, CETTE PERSONNE DEVIENT LEUR JOUET PENDANT 3 ANS. AU LYCÉE, LES CAÏDS ÉTAIENT DE VRAIES TERREURS.
MAIS...
TAP

AUJOURD'HUI, LA SITUATION EST DIFFÉRENTE !
BAM
JIN-OH CHEON N'A PAS L'AIR DE METTRE UNE RACLÉE AU NOUVEAU.
BAM
BAM
C'EST MÊME...
PAF
PAF
PAF
PAF

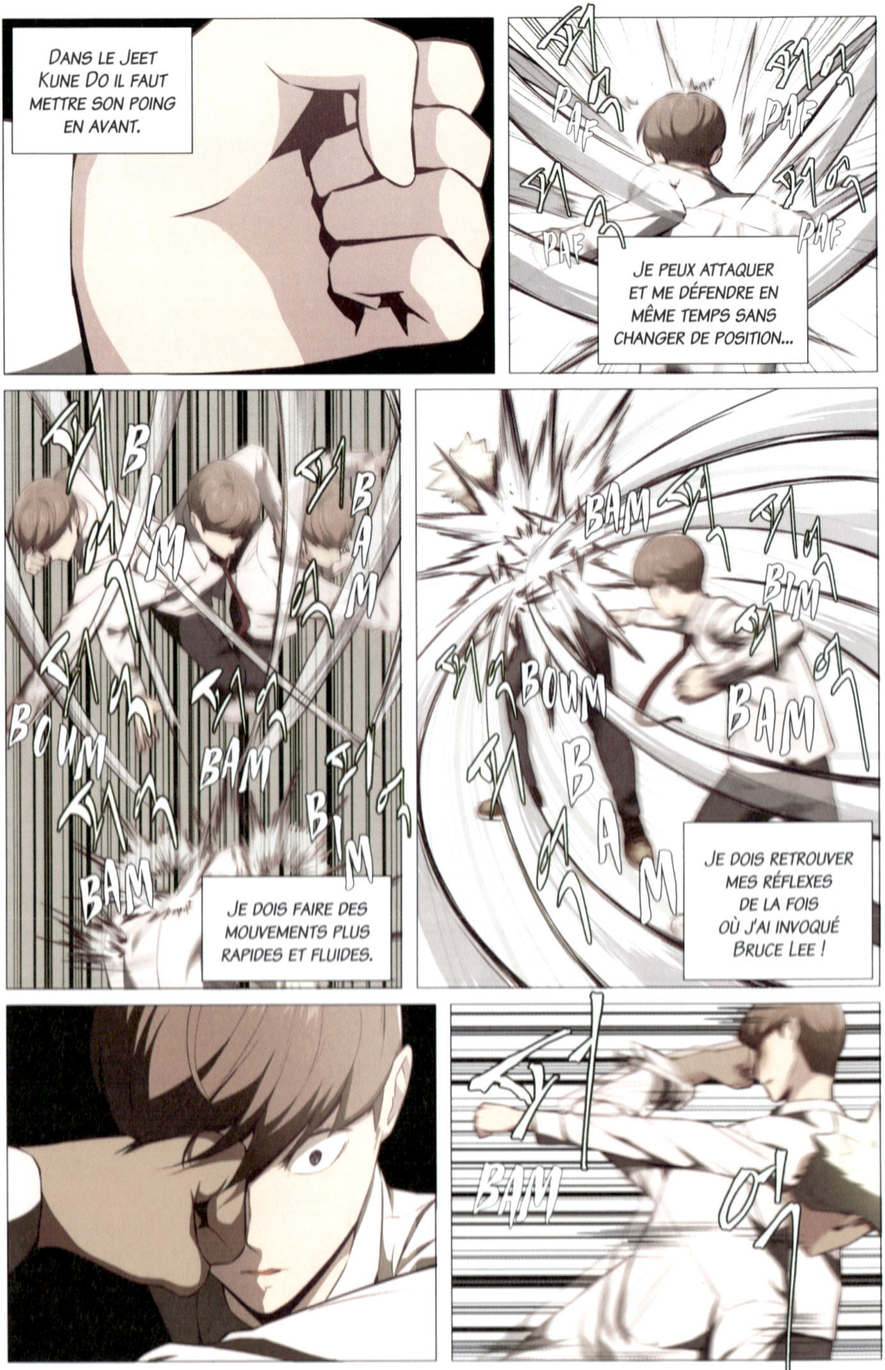
Dans le Jeet Kune Do il faut mettre son poing en avant.
PAF
PAF
PAF
PAF
Je peux attaquer et me défendre en même temps sans changer de position...
BIM
BAM
BOUM
BAM
BIM
BAM
Je dois faire des mouvements plus rapides et fluides.
BAM
BIM
BOUM
BAM
BAM
Je dois retrouver mes réflexes de la fois où j'ai invoqué Bruce Lee !
BAM

BADABOUM
QUE... QUOI ?
IL A CONTRE-ATTAQUÉ TOUT D'UN COUP...
PAF
C'EST COMME SI UNE PIERRE M'AVAIT FRAPPÉ...
LUI NON PLUS NE FAIT PAS LE POIDS FACE À JIN-OH ?
...
PAS DE QUOI AVOIR HONTE.
CE GARS EST LOIN D'ÊTRE FAIBLE.

JE L'AI COMPRIS APRÈS AVOIR REÇU LE COUP, MAIS...
LORSQUE JE SUIS POSSÉDÉ...
JE N'AI PAS BESOIN DE RÉFLÉCHIR À MA TECHNIQUE...
ÇA VIENT NATURELLEMENT, COMME SI JE M'ÉTAIS ENTRAÎNÉ DES CENTAINES DE FOIS.
JE NE DOIS PAS ME CONCENTRER SUR MES ATTAQUES, MAIS SUR...
LES MOUVEMENTS DE L'ADVERSAIRE.

TU EN VEUX ENCORE ?
IL NE VOIT DONC PAS LA DIFFÉRENCE DE NIVEAU ?
MUAY THAI
THAI BOXING
FWIP
CE N'EST PAS UN COMBAT ÉQUITABLE...
L'ADVERSAIRE, C'EST JIN-OH CHEON !

SON PÈRE,
LE MAÎTRE DU KUKJIN KARATÉ, L'A PRIS SOUS SON AILE POUR EN FAIRE...
UN MONSTRE !

TAP
JE DÉTESTE LES ABRUTIS QUI SE SURESTIMENT.
CHTAC

JE PEUX LE VOIR !
FIIOU
ET JE CONTRE-ATTAQUE !
?!
FWIP
FWIP
IMPOSSIBLE !
FWIP
FWIP
FWIP
FWIP
EST-CE QUE DEPUIS LE DÉBUT...

타
TAAC
앗
IL NE SE BAT QU'AVEC SA MAIN GAUCHE ?
빠
BOOM
BAM
IL EST SI FORT QUE ÇA ?
CROIRE QUE J'AVAIS DES CHANCES DE GAGNER SANS TICKET...

BAM
ÉTAIT UNE ERREUR ?
EUURGH !
JE SAIS PAS CE QUE TU FOUS...
FSHHH
TU ESSAIES LE JEET KUNE DO ?
T'AS MÊME PAS LES BASES, SALE PRÉTENTIEUX.
PAF
ON AURAIT DIT UN SINGE QUI DANSAIT.
POUF
PIF
POUF
PAF
CEUX QUI PRÉTENDENT APPRENDRE À SE BATTRE EN REGARDANT DES VIDÉOS...
SONT DE VRAIS ABRUTIS.

PIF
PIF
PIF
SI TU VEUX APPRENDRE LES ARTS MARTIAUX...
BOUM
FAIS-LE CORRECTEMENT.
COUP DE PIED RETOURNÉ DU KUKJIN KARATÉ !
SBLAF

JE... JE NE PEUX PLUS BOUGER...
JE NE PEUX PAS LE BATTRE...
ON DIRAIT QUE TU T'ES MONTÉ LA TÊTE EN BATTANT QUELQUES LYCÉENS.
T'ES JUSTE FAIBLE.
RIEN QU'EN REGARDANT TES MAINS, ÇA SE VOIT.
T'AS DÉJÀ TAPÉ DANS UN PUNCHING-BALL AU MOINS ?
ARRÊTE DE FAIRE SEMBLANT ET VA T'ENTRAÎNER...
LOSER !

ZIEUTE
ÇA VALAIT PAS LA PEINE DE VENIR.
TAP
TAP
PAR ICI, MONSIEUR L'AGENT !
IL Y A UNE BAGARRE ?
TAP
TAP
TAP
KYEONG-HO !
EST-CE QUE ÇA VA ?
JEUNE HOMME, RÉPONDEZ.

ARRÊTE DE FAIRE SEMBLANT ET VA T'ENTRAÎNER...
LOSER !

Dead
DURÉE DE VIE RESTANTE
332 JOURS
M'ENTRAÎNER ?
À QUOI BON… IL NE ME RESTE QU'UN AN DE TOUTE FAÇON.
SI J'AVAIS UTILISÉ UN TICKET, ÇA NE SE SERAIT PAS PASSÉ COMME ÇA.
JE N'AURAIS FAIT QU'UNE BOUCHÉE DE LUI.
C'EST DÉCIDÉ, DÈS QUE JE RETOURNE EN COURS, J'UTILISE UN TICKET ET J'APPELLE JIN-OH CHEON.
« FAIRE SEMBLANT » ? AVEC SEULEMENT UN TICKET, IL NE POURRA RIEN FAIRE…
IL ME RESTE PAS MAL DE TICKETS.
UNE FOIS QUE JE L'AURAI BATTU, J'EN UTILISERAI UN AUTRE…
POUR LE RESTE DES VOYOUS…
UN TICKET…

깍 CRRIIICH
약
JE NE SUIS VRAIMENT RIEN SANS LES TICKETS ?
JE DOIS VENDRE DES ANNÉES DE MA VIE POUR GAGNER CONTRE CES GARS ?
NON !
벌
SHAAA
떡

J'AVAIS PERDU ESPOIR...
MAIS MAINTENANT, DES RÉFLEXES RESTENT APRÈS AVOIR UTILISÉ UN TICKET.
IL NE ME RESTE PLUS QU'UN AN, MAIS...
CRIII
FWIP
JE SERAI VRAIMENT MINABLE SI LES CAÏDS ME DOMINENT...
ALORS QUE J'AI LES TECHNIQUES DES PLUS GRANDS COMBATTANTS DU MONDE.

ESSAYONS D'APPRENDRE AU MOINS UNE CHOSE.
JE PEUX LE FAIRE GRÂCE AUX RÉFLEXES QUI ME RESTENT.
BAM
C'EST LE WEEK-END.
JE MAÎTRISERAI LE COUP DE POING SANS RECUL EN DEUX JOURS.
BAM
BAM
BOUM
BIM
BAM
BOUM
BAM
BIM

PANSEMENTS
KYEONG-HO ! JE...
AH, JE ME DEMANDAIS OÙ TU ÉTAIS PASSÉE.
YEON HAN
JE VAIS À L'INFIRMERIE.
PARDON ?
BEN, POURQUOI TU RÉAGIS COMME ÇA ?
COMMENT ÇA, POURQUOI ?
PARCE QUE CETTE FEMME NE M'INSPIRE PAS CONFIANCE !
JE T'AI DIT QU'ELLE N'ÉTAIT PAS BIZARRE...
J'EN AI JUSTE POUR 5 MINUTES.
ATTENDS-MOI ICI.
...

INFIRMERIE
PFIOU... JE NE PEUX PAS VENIR AVEC ELLE ICI...
C'EST SÛREMENT MIEUX DE GARDER LE SECRET SUR LA DÉESSE DE LA MORT.
MAIS OÙ EST SIERRA ?
FWIP
C'EST TOI ?
또각
TAC
또각
TAC
BONJOUR.
TU T'ES BATTU ?
POURQUOI TU TE FAIS TOUJOURS FRAPPER MALGRÉ LES TICKETS ?
EH BIEN... CE N'EST PAS TOUJOURS LA SOLUTION.
ÇA DÉPEND DE LA FAÇON DONT ON S'EN SERT.

?
기웃
ZIEUTE
기웃
ZIEUTE
ELLE EST MIGNONNE.
!
촤아악!
CHLAAAC !
QUE... POURQUOI ELLE FERME LE RIDEAU POUR LE SOIGNER ?

AU FAIT, POURQUOI C'EST SI SOBRE ICI ?
ÇA NE ME PLAÎT PAS.
C'EST SOBRE ?
AUCUNE IDÉE...
따악
CLAC
!!
LA... LA PIÈCE A CHANGÉ !
ET... J'AI MÊME UN PANSEMENT...
FWIP

BIEN, VENONS-EN AU FAIT, VEUX-TU ?
TU VEUX DES NOUVELLES CONCERNANT TA MÈRE ?
OUI. OÙ EN ÊTES-VOUS ?
EH BIEN… ÉVIDEMMENT, J'AI TROUVÉ.
DANS CE CAS…
CEPENDANT, CES RECHERCHES M'ONT PRIS DU TEMPS.
CE DOIT ÊTRE DONNANT-DONNANT, NON ?
QUE…
QUE VOULEZ-VOUS ?
CETTE INFORMATION VAUT CHER À TES YEUX.
JE VEUX ÊTRE PAYÉE EN CONSÉQUENCE.

NE ME DITES PAS QUE...
꿀꺽
GLOUPS
JE VAIS DEVOIR VOUS DONNER PLUS DE VIE...
씨익
HIHI !
...
꾸욱
FWOUSH
꾸욱
FWOUSH
JE N'AI PAS DE MASSEUR PERSONNEL DANS CE MONDE.
꾸욱
FWOUSH
OUI, À CET ENDROIT.
...
꾸욱
FWOUSH
꾸욱
FWOUSH

C'EST TOUT CE QUE TU PEUX FAIRE ?
VAS-Y PLUS FORT.
TU VEUX FAIRE CROIRE QUE TU ES FAIBLE...
FAIBLE ?
FWOUSH
FWOUSH
ENCORE PLUS FORT ?
FWOUSH
FWOUSH
TRÈS BIEN, PUISQUE C'EST COMME ÇA !
AÏE...
AH... HEU...
J'Y SUIS ALLÉ TROP FORT...
STOP

J'AI FAILLI TE COUPER LA TÊTE.
FWIP
JE TE PARDONNE PARCE QUE TU AS ESSAYÉ.
TIENS, VOILÀ.
FWIP
SI TU TE RENDS À L'ACADÉMIE DE PIANO PRÈS D'ICI, TU LA RENCONTRERAS.
MAIS C'EST UN MAUVAIS ESPRIT MAINTENANT.
ESSAIE DE LUI VENIR EN AIDE.
UN MAUVAIS ESPRIT LIÉ À L'ESPRIT DE MA MÈRE SE TROUVE ICI...
33 – LA MAÎTRISE DU COUP DE POING SANS RECUL
SAUNA
TAP
TAP

ELLE EST ENCORE EN COLÈRE...
AHEM
MAIS OÙ EST-CE QUE ÇA PEUT BIEN ÊTRE...
JE CROYAIS QUE C'ÉTAIT DANS LE COIN.
SHLAC
QU'EST-CE QUE...
?!
BOUM
MER... CI.
ATTENTION, IL Y A UN MAUVAIS ESPRIT.
ZIEUTE
AH ! TU AS SENTI UN MAUVAIS ESPRIT ?
TAC
POURQUOI... TU ME PRENDS LA MAIN ?

C'EST COMME LE CHAT-DÉMON DE LA DERNIÈRE FOIS ?
MAIS POURQUOI IL ME TIENT LA MAIN ?
À QUOI ELLE PEUT BIEN RESSEMBL...
ARGH !
PAF
FAIS ATTENTION, CET ESPRIT EST PLEIN DE RANCŒUR.
LES MAUVAIS ESPRITS INTELLIGENTS PEUVENT TE BLESSER SI TU NE FAIS PAS ATTENTION.
D'ACCORD...
FWIP
IL SEMBLERAIT QUE CELUI-CI SE PROMÈNE AUTOUR DE L'ACADÉMIE DE PIANO...
LA PORTE EST VERROUILLÉE.
ON NE DEVAIT PAS S'OCCUPER D'ABORD DE L'ESPRIT DE TA MÈRE ?
NON, S'IL Y A UN MAUVAIS ESPRIT, JE PENSE QU'IL FAUT L'AIDER...

LA DERNIÈRE FOIS IL DISAIT QU'ON N'AVAIT PAS À AIDER TOUT LE MONDE...
MUNHWA PAPIER
HÉHÉ...
EST-CE QU'IL A CHANGÉ D'AVIS ?
OH... UN JOURNAL.
FIONP
L'ACADÉMIE DE PIANO DE LA LUMIÈRE BLEUE, C'EST BIEN ICI ?
CONSEILS POUR MIGRANTS
UNE ÉTUDIANTE DU NOM DE HEE-YEON LEE S'EST SUICIDÉE EN SAUTANT DU TOIT...
SES PROCHES ONT ÉTÉ INTERROGÉS MAIS PERSONNE NE CONNAÎT LES RAISONS DE SON SUICIDE.
FAIS VOIR.

EST-CE QUE CE MAUVAIS ESPRIT SERAIT CELUI DE CETTE ÉTUDIANTE, HEE-YEON LEE ?
D'APRÈS LE JOURNAL, ON DIRAIT BIEN QUE OUI.
TAP
TAP
TAP
TAP
AAAAAH !
BAM
ARGH !
QUI ES-TU ET POURQUOI TU M'AS FRAPPÉ ?
FROT
FROT
TU VEUX TE BATTRE ?

POURQUOI DES FOUTUS LYCÉENS DE RYUSEONG N'ARRÊTENT PAS DE TRAÎNER DANS LE COIN ?!
DÉGAGEZ !
JE VAIS TOUS VOUS ENVOYER EN PRISON !
MAIS DE QUOI TU PARLES ? ON N'A RIEN FAIT DE MAL !
EXCUSE-TOI !
ARRÊTE TES CONNERIES !
POURQUOI VOUS RÔDEZ DEVANT L'ACADÉMIE DE PIANO ?!
VOUS VÉRIFIEZ QU'IL N'Y AIT PAS D'AUTRES PREUVES À DÉTRUIRE !
ESPÈCES D'ENFOIRÉS !

DÉTRUIRE DES PREUVES ?
MAIS... TU NE TE SOUVIENS PAS DE NOUS ?
ME SOUVENIR DE QUOI ?
SAUNA
DE QUOI TU PARLES ?
ON T'A AIDÉE IL Y A QUELQUES JOURS.
흠칫
ZIEUTE
HEIN ?
DONC TU NE DIS PAS MERCI, ET TU NE T'EXCUSES PAS NON PLUS ?

TA GUEULE !
HORS DE QUESTION QUE JE M'EXCUSE DEVANT DES ÉLÈVES DE RYUSEONG !
BAM
AH !
ATTENDS !
TAP
TAP
TAP
AÏE...
ELLE EST PARTIE...
LAISSE-LA. SI JE LA RECROISE, ÇA NE SERA PAS LA MÊME HISTOIRE.
FRSHHH
FRSHHH

NON, TU NE DEVRAIS PAS...
POURQUOI ?
C'EST ELLE QUI M'A FRAPPÉ !
TIENS, REGARDE.
FWIP
QUOI ?
HEE-YEON LEE... S'EST SUICIDÉE EN SAUTANT DEPUIS LE TOIT...
OH...
UNE JEUNE COLLÉGIENNE PROTESTE SOUS LA PLUIE BATTANTE.
S'IL VOUS PLAÎT, RÉOUVREZ L'ENQUÊTE SUR L'ACCIDENT INJUSTE DE MA SŒUR.
À GAUCHE : HEE-YEON LEE (17 ANS), S'EST SUICIDÉE EN SAUTANT DU TOIT.
À DROITE : HEE-JU LEE (14 ANS) SEULE DEVANT LA STATION DE POLICE DE SÉOUL LE 13, POUR LA RÉOUVERTURE DE L'ENQUÊTE SUR LA MORT DE SA SŒUR.
JONG-WON LEE, RÉDACTEUR EN CHEF DEXE***@NAVER.COM
MERDE...
ON VA DEVOIR LUI PARLER, MAIS ON A PRIS UN MAUVAIS DÉPART !

BON !
D'ABORD, TROUVONS UN MOYEN DE SE RAPPROCHER DE CETTE JEUNE FILLE.
ÇA IRA !
SI CE MAUVAIS ESPRIT EST VRAIMENT LIÉ À L'ESPRIT DE MA MÈRE...
JE DOIS L'AIDER.
J'AI TOUT TERMINÉ...
JE DEVRAIS RETOURNER M'ENTRAÎNER.

BAM
BIM
BAM
BAM
BIM
BAM
?
BAM
BAM
BOUM
BIM
BAM
IL S'ENTRAÎNE AU COUP DE POING SANS RECUL ?
BAM
POURQUOI IL TRAVAILLE ÇA ?
BAM
C'EST N'IMPORTE QUOI...
IL PERD SON TEMPS.

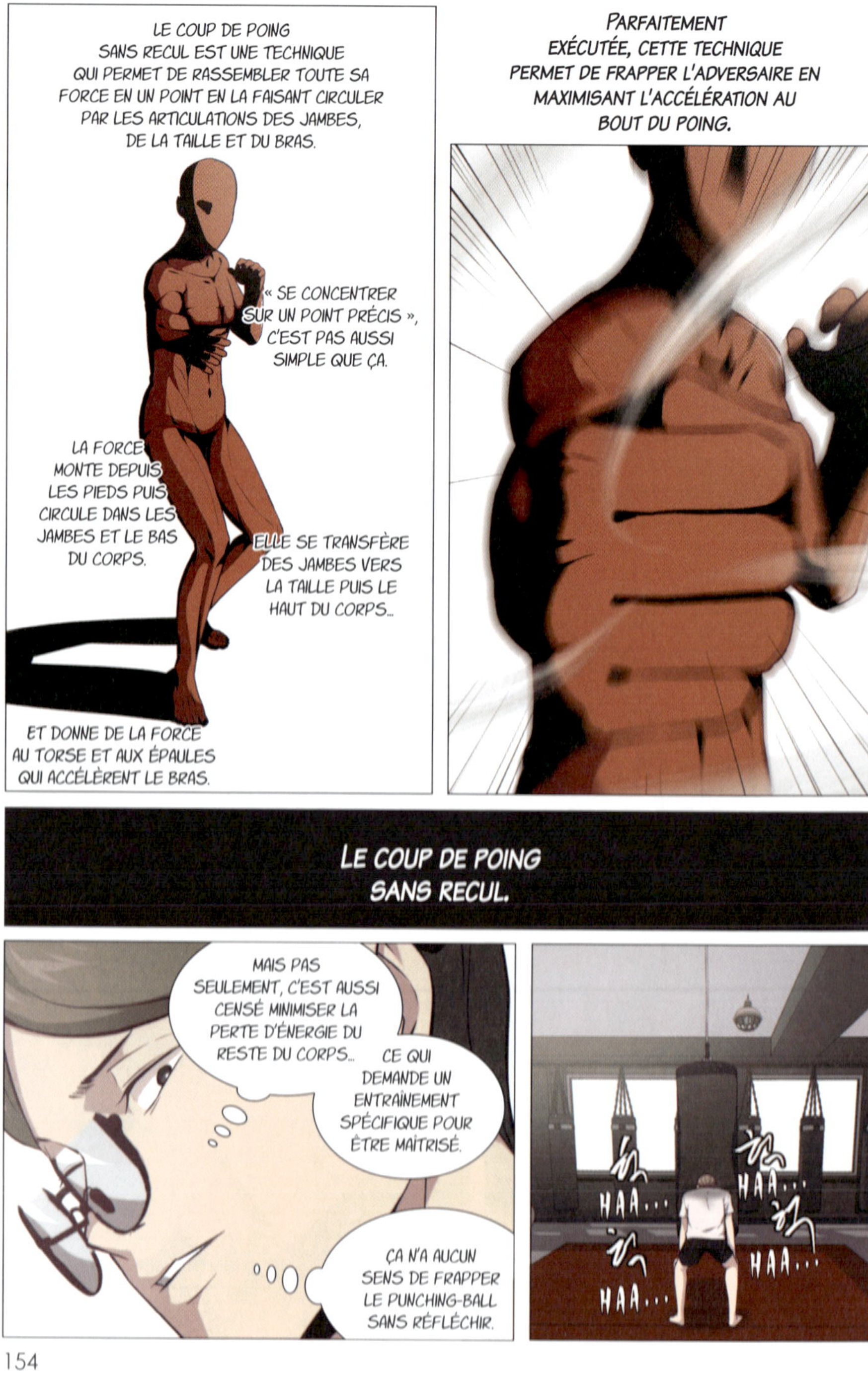
LE COUP DE POING SANS RECUL EST UNE TECHNIQUE QUI PERMET DE RASSEMBLER TOUTE SA FORCE EN UN POINT EN LA FAISANT CIRCULER PAR LES ARTICULATIONS DES JAMBES, DE LA TAILLE ET DU BRAS.
« SE CONCENTRER SUR UN POINT PRÉCIS », C'EST PAS AUSSI SIMPLE QUE ÇA.
LA FORCE MONTE DEPUIS LES PIEDS PUIS CIRCULE DANS LES JAMBES ET LE BAS DU CORPS.
ELLE SE TRANSFÈRE DES JAMBES VERS LA TAILLE PUIS LE HAUT DU CORPS...
ET DONNE DE LA FORCE AU TORSE ET AUX ÉPAULES QUI ACCÉLÈRENT LE BRAS.
PARFAITEMENT EXÉCUTÉE, CETTE TECHNIQUE PERMET DE FRAPPER L'ADVERSAIRE EN MAXIMISANT L'ACCÉLÉRATION AU BOUT DU POING.
LE COUP DE POING SANS RECUL.
MAIS PAS SEULEMENT, C'EST AUSSI CENSÉ MINIMISER LA PERTE D'ÉNERGIE DU RESTE DU CORPS...
CE QUI DEMANDE UN ENTRAÎNEMENT SPÉCIFIQUE POUR ÊTRE MAÎTRISÉ.
ÇA N'A AUCUN SENS DE FRAPPER LE PUNCHING-BALL SANS RÉFLÉCHIR.
HAA...
HAA...
HAA...
HAA...

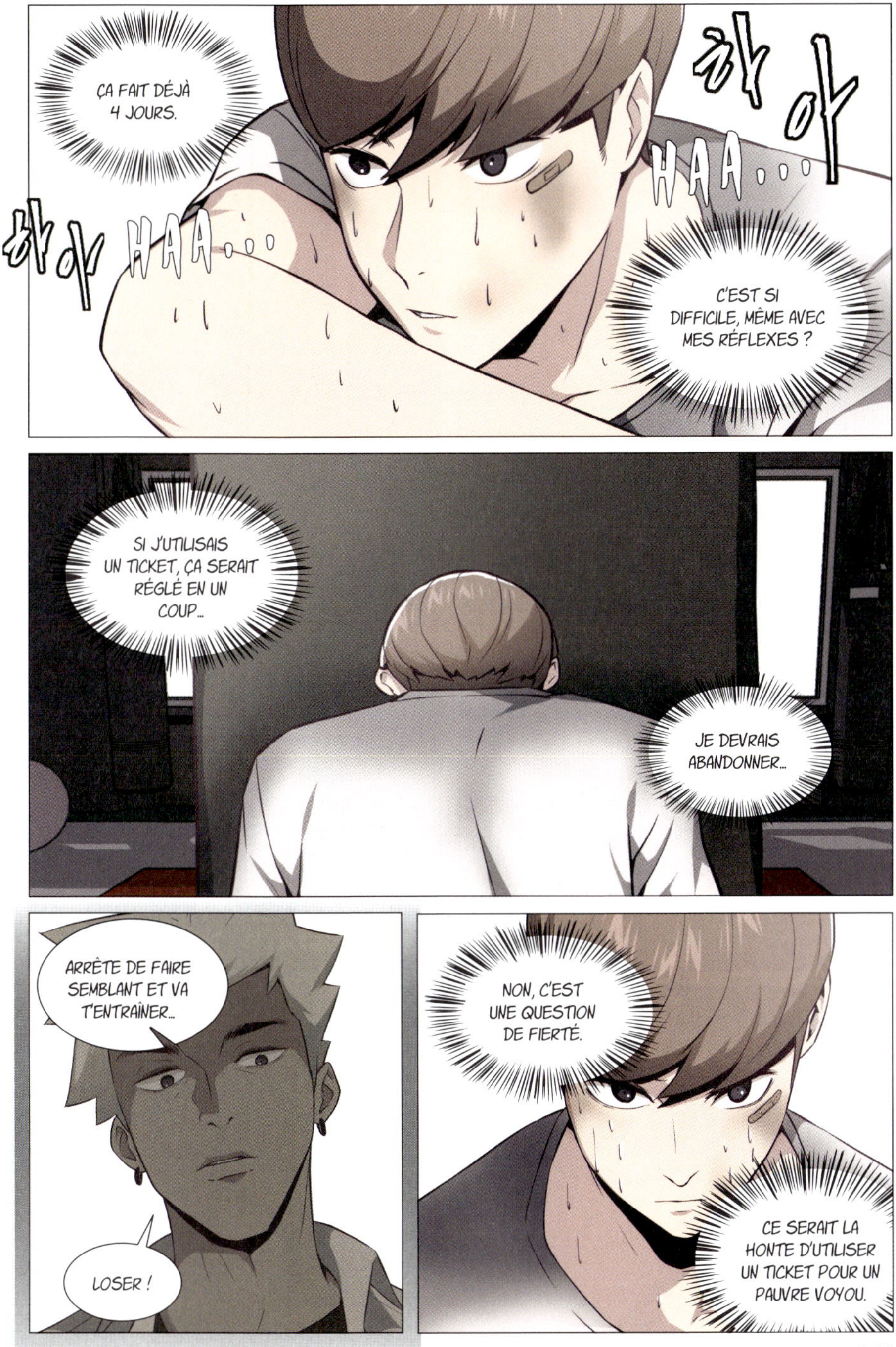
ÇA FAIT DÉJÀ 4 JOURS.
하아 HAA...
하아 HAA...
C'EST SI DIFFICILE, MÊME AVEC MES RÉFLEXES ?
SI J'UTILISAIS UN TICKET, ÇA SERAIT RÉGLÉ EN UN COUP...
JE DEVRAIS ABANDONNER...
ARRÊTE DE FAIRE SEMBLANT ET VA T'ENTRAÎNER...
LOSER !
NON, C'EST UNE QUESTION DE FIERTÉ.
CE SERAIT LA HONTE D'UTILISER UN TICKET POUR UN PAUVRE VOYOU.

JE VAIS LE BATTRE SANS TICKET.
HAA...
STOP
C'EST VRAI, J'AVAIS QUELQUE CHOSE À LUI DONNER.
BRUCE LEE, BRANDON LEE, ESSAYONS DE NOUS SOUVENIR DES SENSATIONS LORSQU'ILS ME POSSÉDAIENT.
IL FAIT TOUJOURS N'IMPORTE QUOI.

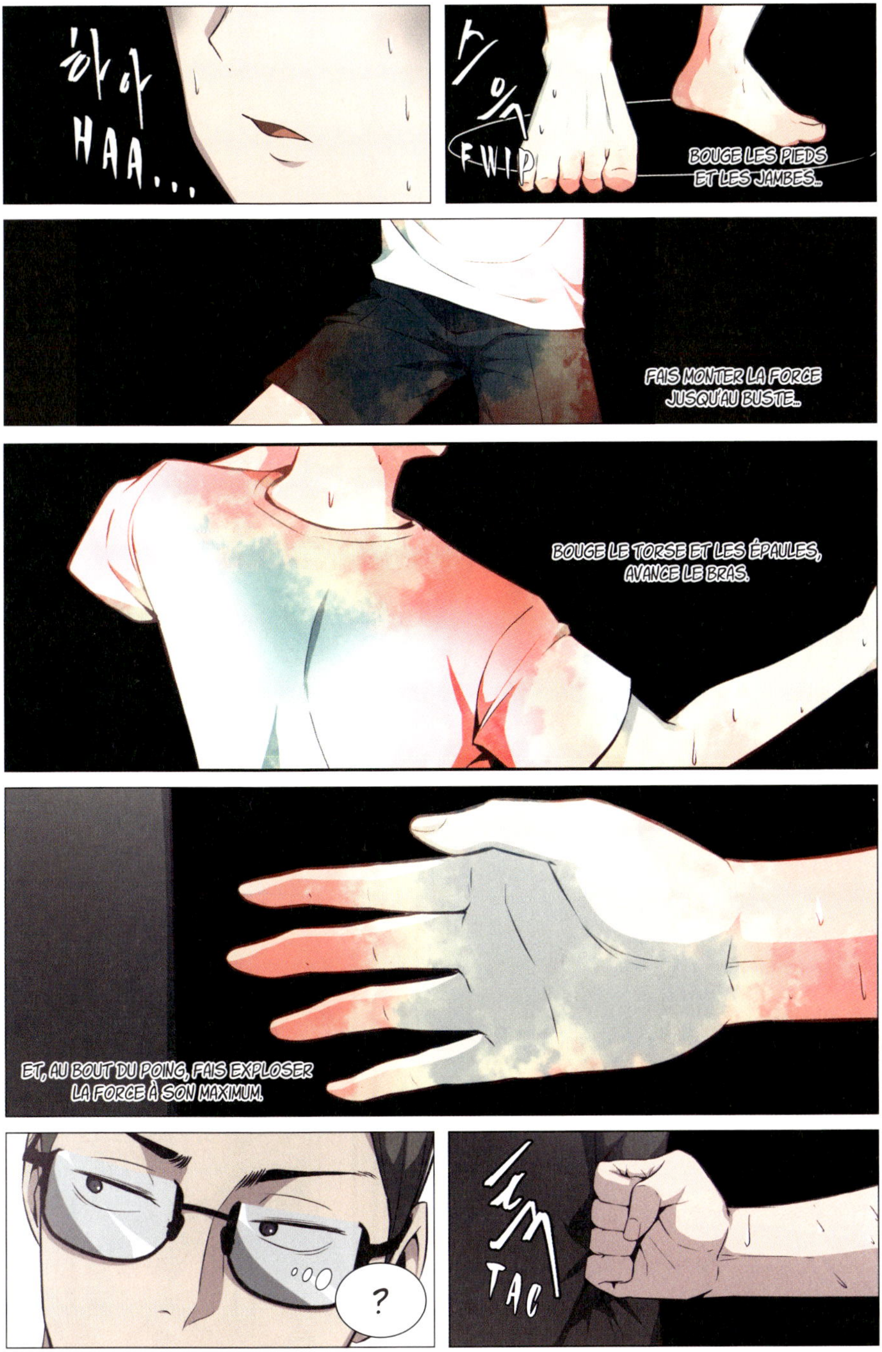
하아
HAA...
FWIP
BOUGE LES PIEDS ET LES JAMBES...
FAIS MONTER LA FORCE JUSQU'AU BUSTE...
BOUGE LE TORSE ET LES ÉPAULES, AVANCE LE BRAS.
ET, AU BOUT DU POING, FAIS EXPLOSER LA FORCE À SON MAXIMUM.
?
TAC

BOUM
하아
HAA...
하아
HAA...
하아
HAA...
FROT
VOILÀ, C'EST CETTE SENSATION !

Dead
TICKET

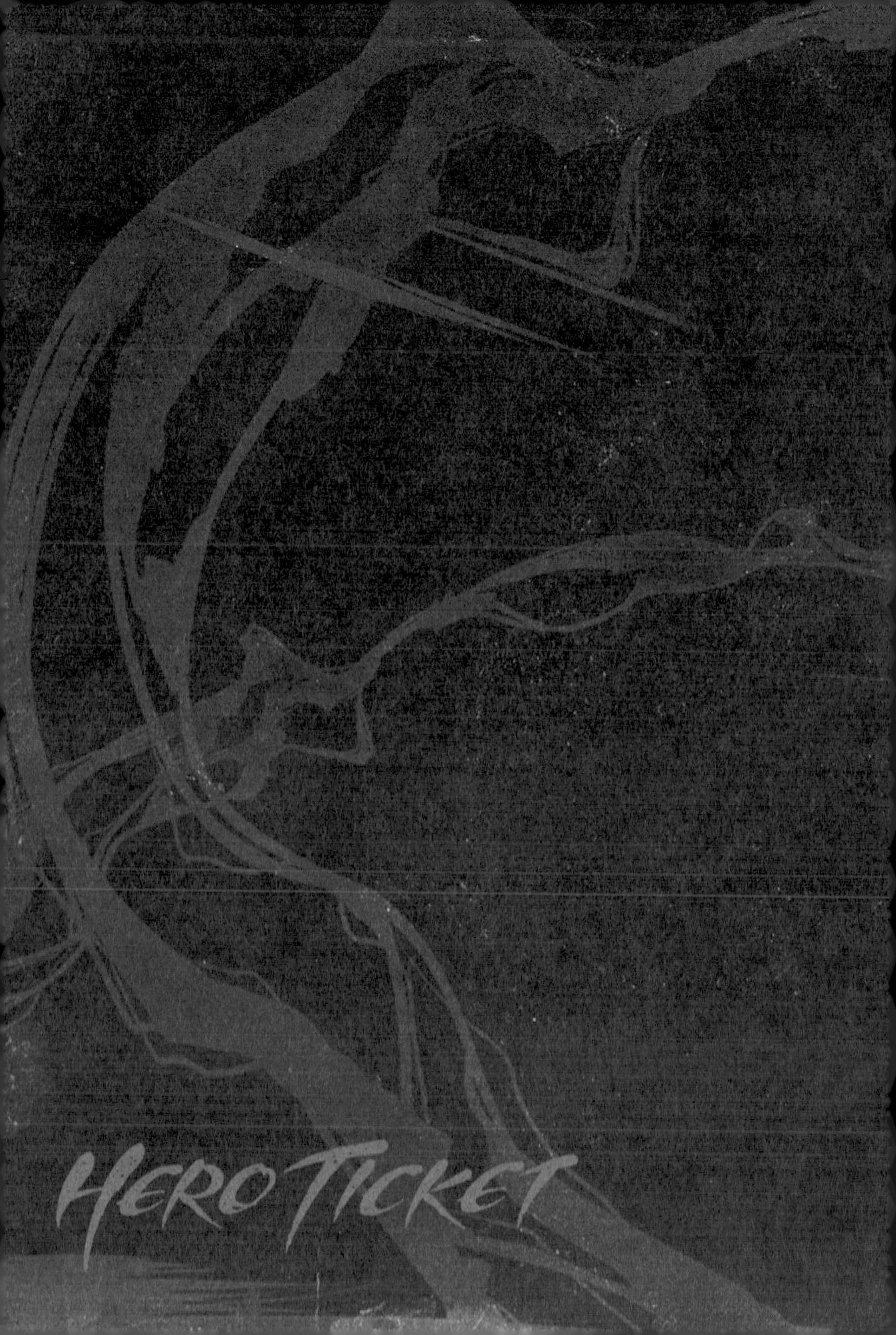
HERO TICKET

C'EST PLUTÔT PRATIQUE DE POUVOIR SORTIR DU LYCÉE QUAND ON VEUT.
C'EST CLAIR. HAHA !
HEIN ?
TA MAIN... TU T'ES ENCORE BATTU ?
AH, ÇA ?
C'EST RIEN. JE ME SUIS UN PEU BLESSÉ EN FAISANT DU SPORT.
FAIS ATTENTION !
LE COUP DE POING SANS RECUL EST ASSEZ PUISSANT POUR ENDOMMAGER LE POIGNET.
C'EST ENCORE DOULOUREUX...
SCRRR
MÊME AVEC MES RÉFLEXES, ÇA M'A PRIS DES JOURS POUR EN RÉUSSIR UN.
PEUT-ÊTRE QUE JE NE PEUX PAS Y ARRIVER TOUT SEUL.

KYEONG-HO, QU'AS-TU FAIT À TA MAIN ?
COMMENT ?
OH, JE ME SUIS BLESSÉ EN M'ENTRAÎNANT.
J'IMAGINE QUE TU AS UN MINIMUM DE CONSCIENCE PROFESSIONNELLE SI ÊTRE PAYÉ MALGRÉ TON INCOMPÉTENCE TE GÊNE.
OUI... JE VEUX ME RENDRE UTILE ET...
J'AI D'AUTRES RAISONS...
MAIS AVEC CETTE MAIN, QUI VA ACCOMPAGNER MADEMOISELLE AU LYCÉE ?
AVANT DE TE LANCER SANS RÉFLÉCHIR, PENSE À TES RESPONSABILITÉS.
JE SUIS DÉSOLÉ...

LES JEUNES QUI S'ENTRAÎNENT SANS RÉFLÉCHIR COMME TOI NE FONT QUE SE BLESSER ET NE S'AMÉLIORENT JAMAIS.
TCHAP
...
TU ES TOUJOURS LE CANARD BOITEUX QUE TU ÉTAIS EN ARRIVANT.
TU ES INUTILE.
...
À PARTIR DE MAINTENANT, VIENS AU GYMNASE TOUS LES SOIRS À 22 HEURES.
POURQUOI ?
34 – PIANISTE DE GÉNIE
C'EST VRAIMENT RIDICULE DE TE REGARDER T'ENTRAÎNER BÊTEMENT TOUT SEUL...
DÉSORMAIS, JE VAIS FAIRE EN SORTE QUE TU SOIS RAPIDEMENT UTILE.

SAUNA
?
JE PENSAIS QU'ELLE SERAIT LÀ...
AH !
AURIEZ-VOUS CROISÉ UNE JEUNE COLLÉGIENNE AUX CHEVEUX COURTS QUI VIENT SOUVENT ICI ?
OUI, ON DIRAIT BIEN QUE C'EST ELLE.
MERCI.
TU VIENS DE DEMANDER À UN ESPRIT ?
OUI, J'AVAIS VU CET ESPRIT HIER, ALORS JE L'AI INTERROGÉ.
IL DIT L'AVOIR VUE PRÈS DU PIANO DU PARC GLEAM.

DIS-MOI, EST-CE QU'ON PEUT DEMANDER À DES ESPRITS AU SUJET DE MA MÈRE ?
OH... D'ORDINAIRE ILS NE DONNENT PAS D'INFORMATIONS SUR LES AUTRES ESPRITS. C'EST TABOU.
JE PEUX SEULEMENT LES INTERROGER SUR LE MONDE DES VIVANTS.
SAUF SI L'ESPRIT EST SUR LE POINT D'ALLER DE L'AUTRE CÔTÉ...
ON DOIT JUSTE ESPÉRER QUE CE MAUVAIS ESPRIT QUE L'ON VA AIDER SAIT QUELQUE CHOSE.
SUIS-MOI.
C'EST VRAI, SIERRA AUSSI A DIT QU'ELLE NE POUVAIT PAS PARLER DES ESPRITS. C'EST PAREIL POUR TOUS...

TROUVÉE !
C'EST BIEN HEE-JU ?
FWISH
QU'EST-CE QU'ELLE FAIT ICI ?
EST-CE QUE TU AS RÉFLÉCHI À UN MOYEN DE TE RAPPROCHER D'ELLE ?
BIEN SÛR.
J'AI APPORTÉ DES CHOSES QUE LES FILLES AIMENT.
TADAM !
LES HUMAINS NE SONT PAS DES CHATS, C'EST PAS LA NOURRITURE QUI LES FERA CHANGER D'AVIS...
IL EST VRAIMENT IDIOT, SI JE LE LAISSE FAIRE, ON NE PROGRESSERA PAS.
COMMENT ON POURRAIT SE RAPPROCHER DE HEE-JU...
C'EST QUI EUX ?

PAR LÀ.
C'EST BIEN, ICI.
QUAND JE JOUERAI ET QUE LES GENS SE RAPPROCHERONT, TU FILMERAS BIEN TOUT, D'ACCORD ?
D'ACCORD, JE CHAUFFERAI LE PUBLIC AUSSI.
OH, MAIS N'EST-CE PAS HEE-JU ?
...
ÇA FAIT UN MOMENT QUE JE NE T'AI PAS VUE À L'ACADÉMIE...
QU'EST-CE QU'IL SE PASSE ?
...
TU NE RÉPONDS MÊME PAS, TOUJOURS AUCUNE MANIÈRE...
JE VAIS TOURNER UNE VIDÉO, NE ME DÉRANGE PAS. VA-T'EN.

C'EST QUI ?
TAP
TAP
UNE IDIOTE QUI SE CROIT BONNE EN PIANO…
MAIS ELLE L'EST MOINS QUE MOI.
COMMENÇONS PAR UNE CIGARETTE AVANT QUE LES GENS N'ARRIVENT.
FRSHH
DEVANT LE PUBLIC, ÇA NUIRAIT À MON IMAGE.
HAA
REGARDE BIEN.
JE VAIS TE MONTRER COMMENT RASSEMBLER UNE FOULE D'UN SEUL COUP.

ELLE JOUE BIEN.
C'EST QUOI CETTE CHANSON ? JE L'AI DÉJÀ ENTENDUE !
AH ! ÇA VIENT DU FILM « SECRET » !

L'ÉTUDE SUR LES TOUCHES NOIRES DE CHOPIN, PAS TRÈS CLAIR.
HEE-JU !
J'AI RÉPÉTÉ L'ÉTUDE SUR LES TOUCHES NOIRES, ÉCOUTE BIEN !
C'EST UN NOUVEAU MORCEAU ? APPRENDS-LE-MOI !
JE VAIS D'ABORD TE LE JOUER.
OK !

HEE-YEON, JE VEUX ESSAYER AUSSI !
FWIP
C'EST COMME ÇA ?

ELLE IMPROVISE AU GRÉ DE SES ÉMOTIONS.
C'EST VRAIMENT UN GÉNIE...
CLAP CLAP CLAP
CLAP CLAP CLAP
?
T'ES ENCORE LÀ ?
TU VOUDRAIS QUE JE T'APPRENNE À JOUER MIEUX QUE TA SŒUR ?

MA GRANDE SŒUR JOUE BIEN MIEUX QUE TOI.
FWIP
C'EST VRAI, HEE-YEON JOUAIT PLUTÔT BIEN.
MAIS SI ELLE JOUAIT SI BIEN, POURQUOI ELLE A FAIT ÇA ?
TA
TAP
ELLE A SÛREMENT ATTEINT LA LIMITE DE SON TALENT ET NE L'A PAS SUPPORTÉ...
LA FERME !
TCHAC
TCHAC
TU NE SAIS MÊME PAS JOUER CORRECTEMENT !

HEE... HEE-JU...
POURQUOI TU FAIS ÇA ? TU ME FAIS PEUR...
TU NE FAIS QU'IMITER ! COMMENT PEUX-TU PARLER COMME ÇA ?
MÊME MOI JE PEUX FAIRE MIEUX !
ALORS VAS-Y, JOUE.
AH BON, TU JOUES AUSSI BIEN ? T'ES VRAIMENT MALPOLIE.
PSSST
PSSST
PSSST
PSSST
SI ELLE NE FAIT PAS MIEUX, ÇA SERA TROP LA HONTE. HAHAHA !
C'EST FACILE DE DIRE « MÊME MOI JE PEUX FAIRE MIEUX », MONTRE-NOUS !
BLA BLA BLA
BLA BLA BLA
BLA BLA BLA
BLA BLA BLA
T'ES QU'UNE GAMINE. COMMENT OSES-TU ÊTRE AUSSI IRRESPECTUEUSE ?
NE VOUS EN PRENEZ PAS À UNE ENFANT.
JE VEUX JUSTE ÊTRE SÛRE QU'ELLE JOUE AUSSI BIEN QU'ELLE LE DIT POUR QUE VOUS NE SOYEZ PAS DÉÇUS.

C'EST BIEN POUR ÇA QU'IL FAUDRAIT DES COURS SUR LE RESPECT.
PSSST
웅성
웅성
PSSST
수군
PSSST
웅성
PSSST
ELLE EST SI BIENVEILLANTE…
수군
PSSST
RIEN QU'EN ENTENDANT ÇA, J'AI ENCORE PLUS ENVIE DE LA SOUTENIR.
웅성
PSSST
웅성
PSSST
QU'EST-CE QU'IL S'EST PASSÉ ?
수군
PSSST
수군
PSSST
수군
PSSST
C'EST UNE ORDURE.
QUI ? HEE-JU ? OU LA FEMME AUX CHEVEUX BLANCS ?
CETTE FEMME BIEN SÛR !
ELLE SAIT TRÈS BIEN QUE HEE-YEON EST MORTE, MAIS ELLE SE PERMET DE DIRE ÇA.
LES GENS VONT VOIR HEE-JU COMME UNE MOINS-QUE-RIEN.
J'AI ENVIE DE LA FRAPPER.

ALORS, JOUE ! T'AS DIT QUE N'IMPORTE QUI POUVAIT JOUER ÇA !
PSSST
PSSST
PSSST
PSSST
PSSST
PSSST
JE CROYAIS QU'IL N'Y AVAIT QUE LES TROLLS D'INTERNET POUR PARLER COMME ÇA. LE VOIR EN VRAI, ÇA ME CHOQUE !
C'EST PAS MAL POUR FAIRE DES VUES, ALLUME VITE LE DIRECT.
C'EST DÉJÀ LANCÉ, JE M'EN DOUTAIS.
BIEN JOUÉ.
BRRR
BRRR

JE LE JOUAIS TOUJOURS AVEC MA SŒUR...
SEULE, JE NE SAIS PAS COMMENT FAIRE !
MAIS JE SUIS TELLEMENT EN COLÈRE QU'ELLE PARLE MAL DE MA SŒUR.
ET C'EST ENCORE PLUS ÉNERVANT DE NE RIEN POUVOIR Y FAIRE...
ÇA SUFFIT, MAINTENANT, PARS. HAHA !
PSSST
수군
PSSST
수군
PSSST
수군
PSSST
웅성
PSSST
수군
PSSST
웅성
PSSST
웅성
ELLE VA NOUS DIRE QU'ELLE N'ARRIVE PAS À JOUER PARCE QUE TROP DE MONDE LA REGARDE.
ELLE NE SAIT RIEN FAIRE ET ELLE A AUTANT DE CULOT ?
ELLE S'ENTRAÎNAIT TOUJOURS AVEC SA SŒUR. SEULE, ÇA A L'AIR DIFFICILE.
?
ELLE JOUAIT AVEC SA SŒUR ?
OH... JE VOUS AVAIS OUBLIÉE, FAITES COMME SI JE N'AVAIS RIEN DIT.
...

KYEONG-HO.
D'APRÈS L'ESPRIT ELLE RÉPÉTAIT AVEC SA SŒUR.
C'EST VRAI ?
LA SITUATION EST GÊNANTE. JE DEVRAIS LA TIRER DE LÀ...
J'IMAGINE QU'ILS SONT EN TRAIN DE FILMER...
PAS LE CHOIX.
JE VAIS DEVOIR UTILISER UN TICKET POUR L'AIDER.
LE TITRE DE CE MORCEAU C'EST « SUR LES TOUCHES NOIRES » ?
BEETHOVEN ? MOZART ? CHOPIN ? LEQUEL JE DOIS UTILISER ?

NON, ATTENDS...
C'EST HEE-JU QUI DOIT BIEN JOUER. SI C'EST MOI, ÇA NE SERVIRA À RIEN...
JE NE VEUX PAS VOIR ÇA.
CHAE-YEON.
ALLONS LA CHERCHER ET PARTONS D'ICI.
?
CHAE-YEON ?
FWIP

KURZWEIL
TU JOUAIS CE MORCEAU AVEC TA SŒUR, PAS VRAI ?
JE VAIS T'AIDER, ALLONS-Y TRANQUILLEMENT.

FWIP
JE NE JOUE PAS TOUTE SEULE...
FAISONS COMME SI C'ÉTAIT MA SŒUR.

JE LE SAVAIS ! TU JOUES BIEN, MAIS ÊTRE SEULE TE BLOQUAIT.
ELLES JOUENT SI BIEN CE MORCEAU.
JE PRÉFÈRE QUAND ON JOUE AVEC LES ÉMOTIONS COMME ÇA PLUTÔT QUE MÉCANIQUEMENT.
JE M'Y CONNAIS PAS EN PIANO, MAIS C'EST NORMAL QUE ÇA SONNE AUSSI BIEN ?
[DIRECT] UNE COLLÉGIENNE DEMANDE À ÊTRE JUGÉE POUR SES TALENTS AU PIANO.
322 VISIONNAGES EN COURS.
OUAH, LA CHANSON DE « SECRET » EST TROP POPULAIRE, HAHAHA !

JE NE M'Y CONNAIS PAS EN MUSIQUE.
MAIS N'IMPORTE QUI AUTOUR DE MOI PENSERAIT LA MÊME CHOSE.
MAGNIFIQUE.
35 - ACCIDENT
ELLES JOUENT BIEN, NON ?
수군 PSSST
웅성 PSSST
EST-CE QUE J'APPLAUDIS ?
PSSST 수군
웅성 PSSST
수군 PSSST
ELLE EST CARRÉMENT MEILLEURE QUE LA PRÉCÉDENTE…

HUM...
J'ÉTAIS INQUIÈTE POUR SA SŒUR ET VOULAIT JUSTE PRENDRE DES NOUVELLES.
TOUT VA BIEN DANS LE MEILLEUR DES MONDES... ON PEUT TOUT SE PERMETTRE QUAND ON A DU TALENT.
UNE FILLE IRRESPECTUEUSE PEUT RECEVOIR AUTANT DE COMPLIMENTS JUSTE PARCE QU'ELLE JOUE BIEN ?
TOUT CE QUE J'AI EN RETOUR C'EST LES CRITIQUES D'UNE GAMINE.
AH C'EST VRAI, QUI LUI A DEMANDÉ DE MONTRER SON TALENT ?
C'EST CLAIR ! IL SUFFISAIT JUSTE DE S'EXCUSER ET PARTIR.
ELLE MANQUE D'EMPATHIE.
PSSST
MADAME !

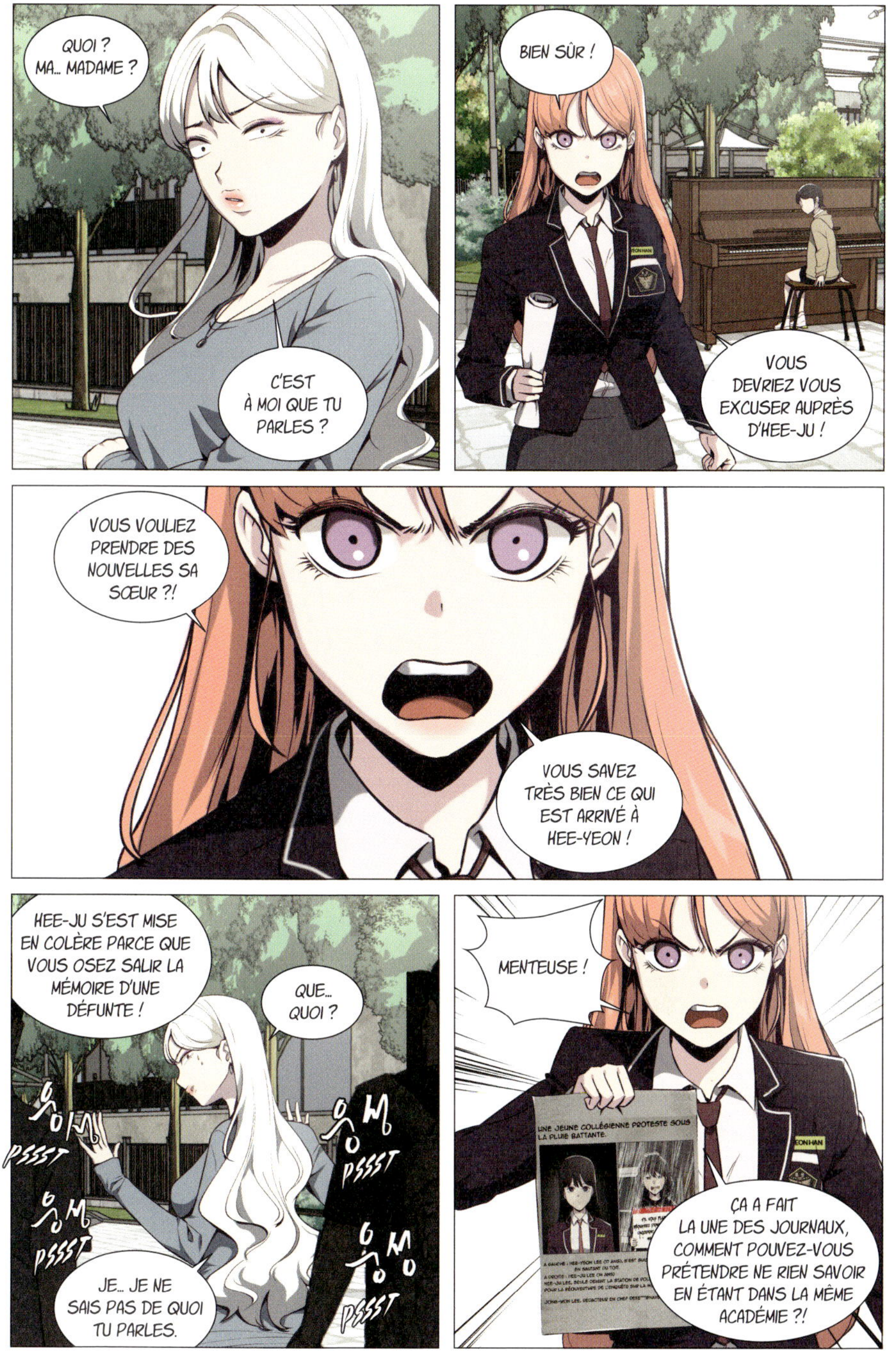
QUOI ? MA... MADAME ?
C'EST À MOI QUE TU PARLES ?
BIEN SÛR !
VOUS DEVRIEZ VOUS EXCUSER AUPRÈS D'HEE-JU !
VOUS VOULIEZ PRENDRE DES NOUVELLES SA SŒUR ?!
VOUS SAVEZ TRÈS BIEN CE QUI EST ARRIVÉ À HEE-YEON !
HEE-JU S'EST MISE EN COLÈRE PARCE QUE VOUS OSEZ SALIR LA MÉMOIRE D'UNE DÉFUNTE !
QUE... QUOI ?
웅성 PSSST
웅성 PSSST
웅성 PSSST
웅성 PSSST
JE... JE NE SAIS PAS DE QUOI TU PARLES.
MENTEUSE !
UNE JEUNE COLLÉGIENNE PROTESTE SOUS LA PLUIE BATTANTE.
ÇA A FAIT LA UNE DES JOURNAUX, COMMENT POUVEZ-VOUS PRÉTENDRE NE RIEN SAVOIR EN ÉTANT DANS LA MÊME ACADÉMIE ?!

QUOI ? ELLE A INSULTÉ UNE MORTE ?
ELLE A FAIT SEMBLANT D'ÊTRE LA VICTIME APRÈS L'AVOIR INSULTÉE ?
NON, C'EST...
JE NE ME SOUVENAIS PLUS...
C'EST DÉGUEULASSE...
MADAME, VOUS AVEZ DÉPASSÉ LES BORNES...
VOUS NE VOUS EN SOUVENEZ PLUS ? SÉRIEUX, QUELLE EXCUSE DE MERDE.
ON DIRAIT QUELLE CHERCHE D'AUTRES PRÉTEXTES.
NON... C'EST PAS ÇA.
C'EST ELLE QUI PARLAIT DE TALENT, DE RESPECT, ET TOUT, NON ? OUAH...
C'EST TOI QUI AS DES PROBLÈMES DE COMPORTEMENT, OU BIEN LA TÊTE VIDE.
SNIF
GLOUPS
DIRE QUE CE GENRE DE PERSONNE SE FAIT DU FRIC AVEC WOUTUBE...
SNIF
ELLE EST WOUTUBEUSE ? JE VAIS PARTAGER CETTE HISTOIRE.
ATTRAPE
TAP TAP TAP
TAP TAP
HUM

C'EST POUR ÇA QUE TU ÉTAIS SI DÉTERMINÉE À RÉSOUDRE L'AFFAIRE DE TA SŒUR ?
OUAIS.
MAIS TU NE PEUX PAS T'EN PRENDRE AUX GENS COMME ÇA, TU COMPRENDS ?
OUI, JE NE RECOMMENCERAI PAS.
ELLE N'ÉCOUTE MÊME PAS VRAIMENT.
ON DIRAIT QUE ÇA RENTRE PAR UNE OREILLE ET QUE ÇA RESSORT PAR L'AUTRE.
ÉLOIGNE-TOI.
LAISSE-LA, SA SŒUR LUI MANQUE.
ZIEUTE
QUE... QUOI ?
HEE-JU, TU DISAIS QUE TA SŒUR ÉTAIT EN LIEN AVEC DES ÉLÈVES DE MON LYCÉE ?
TU PEUX M'EN DIRE PLUS ?
SI POSSIBLE, J'AIMERAIS T'AIDER.
D'ACCORD.

EH BIEN...
NA-NA-NA
BANA-NA-NA
sweet dream
NOUS ÉTIONS PROCHES, ON TRAÎNAIT TOUT LE TEMPS ENSEMBLE.
HEE-YEON, MOI AUSSI JE VEUX APPRENDRE LE PIANO !
ÇA VA ÊTRE DIFFICILE, D'ACCORD ?
ELLE JOUAIT SI BIEN QUE J'AI VOULU APPRENDRE AVEC ELLE.
TU NE L'AS JAMAIS JOUÉ, N'EST-CE PAS ?
NON !
MA SŒUR AIMAIT M'ENSEIGNER ET NOUS TRAVAILLIONS TOUS LES JOURS.
ESSAYONS DE DEVENIR LES MEILLEURES PIANISTES DE CORÉE.
ENSEMBLE ON PEUT Y ARRIVER !

MAIS...

HEE-YEON ! J'AI RÉPÉTÉ UN NOUVEAU MORCEAU !
PETIT À PETIT, NOUS JOUIONS DE MOINS EN MOINS ENSEMBLE.
DÉSOLÉE, JE N'AI PAS LE TEMPS, JE L'ÉCOUTERAI DEMAIN !
ET ELLE A COMMENCÉ À PORTER DES VÊTEMENTS PLUS ADULTES.
ELLE TRAÎNAIT RÉGULIÈREMENT AVEC DES VOYOUS QUI FUMAIENT.
ET APRÈS UN MOIS ELLE A COMMENCÉ À AGIR BIZARREMENT...
PUIS ELLE EST MORTE UNE SEMAINE PLUS TARD.
POLICE NE PAS FRANCHIR
LA POLICE A ENQUÊTÉ MAIS A CONCLU À UN SUICIDE. AFFAIRE CLASSÉE.

CETTE AFFAIRE EST RELIÉE AUX CAÏDS DE NOTRE LYCÉE, N'EST-CE PAS ?
OUI, J'EN SUIS CERTAINE.
TU ES ÉLÈVE LÀ-BAS MAIS TU NE SAVAIS RIEN.
ON EST NOUVEAUX, C'EST LA PREMIÈRE FOIS QU'ON EN ENTEND PARLER.
QU'EST-CE QUE JE PEUX FAIRE ?
MÊME LA POLICE N'EN A RIEN À FAIRE…
C'EST PROBABLEMENT PAS UN SUICIDE…
TU AS UNE IDÉE ?
DONC JE NE VOIS QU'UNE SEULE SOLUTION.

BAM
BIM
BOUM
BAM
TAP TAP
BABAM
BAM
ON DIRAIT UN VOYOU... FAISONS LE TOUR ET ALLONS-NOUS-EN.
QUOI, T'AS PAS LE FRIC ?
BAM
T'AS PAS RAMENÉ L'ARGENT ?
TU VEUX QUE JE TE FOUILLE ?

JE… JE N'AI RIEN !
BAM
BAM
BAM
BAM
BAM
BAM
BAM
BAM
LE CRÉTIN QUI FILAIT SES FRAIS D'ACADÉMIE TOUS LES MOIS…
ME PREND POUR SON POTE ?
HAA…
하아
하아
HAA…
HAA…
하아
하아
HAA…
TOUT LE MONDE ME REGARDE DE HAUT À CAUSE DU NOUVEAU.
JE NE SAIS PAS… CE QU'IL S'EST PASSÉ… VRAIMENT…
JE N'AI RIEN… MA MÈRE A DIT QU'ELLE ALLAIT PAYER L'INSCRIPTION ELLE-MÊME…
QUOI ? TA MÈRE ?
IL A DIT SA MÈRE ?
PUTAIN, DÉSHABILLEZ-LE !
IL MENT !
NAN… NAAAN !
NON… ME TOUCHEZ PAS !
AAAAAH !

20… 25…
30… 35…
JE PENSE QU'ILS SE FOUTENT VRAIMENT DE TOI MAINTENANT, JUN-HO.
IL FAISAIT SEMBLANT DE NE RIEN AVOIR.
IL LE CACHAIT DANS SES CHAUSSETTES, CE BÂTARD.
ROME
NEW YORK
PARIS
LONDON
ON DIRAIT BIEN QUE JE ME SUIS RAMOLLI…
PAS LE CHOIX.
AUJOURD'HUI, JE DOIS REPRENDRE LE CONTRÔLE DE LA CLASSE.
JE… JE SUIS DÉSOLÉ…

ATTENDEZ !
QUOI ?
JINCHEON SOUPE
VOUS CONNAISSEZ UNE CERTAINE HEE-YEON LEE DE NOTRE LYCÉE ?
QU'EST-CE QUE ÇA PEUT TE FAIRE ?
MAIS ATTENDS, T'ES LE NOUVEAU !
AH ! ÇA FAIT LONGTEMPS.
RÉSERVATION DE GROUPE
TU VAS MIEUX ?

JE T'ATTENDAIS...
J'AI ENTENDU DIRE QUE TU T'ÉTAIS FAIT ÉCLATER.
APPELLE LES AUTRES !
TOUT DE SUITE.
ON VA L'ÉCRASER ENSEMBLE.
JE TE DEMANDAIS POUR HEE-YEON LEE...
ELLE A NOTRE ÂGE, TU DOIS LA CONNAÎTRE.
OUI, JE LA CONNAIS.
LES GARS VONT ARRIVER POUR QU'ON T'ENVOIE LA REJOINDRE.
J'AI APPELÉ DIX PERSOAAAAH !
AAAAAAAHHH !!
BAM

OR… DU… RE…
PLAF
IL OSE ENFREINDRE LA RÈGLE UNIVERSELLE…
JINCHEON SOUPE
QUEL BÂTARD…
LA RÈGLE UNIVERSELLE NE S'APPLIQUE PAS À CEUX QUI INSULTENT LES MORTS.
BIEN.
ET VOUS, VOUS CONNAISSEZ HEE-YEON LEE ?
T'AS TOUJOURS PAS COMPRIS DANS QUEL PÉTRIN TU T'ES FOURRÉ ?
T'ARRÊTES PAS AVEC HEE-YEON LEE, HEE-YEON LEE, T'ES UN PERROQUET OU QUOI ?
LES MECS SONT EN CHEMIN, TU VAS CREVER.
ROME NEW YORK PARIS
D'AUTRES ARRIVENT ?
TANT MIEUX.
APPELLE TOUS CEUX QUI ONT CONNU HEE-YEON LEE.

Dead
TICKET

## 36 – L'inconnu qui nous suit

QUOI ? CELUI QUI JOUAIT AU FOOT ?
IL S'EST PASSÉ QUOI ?
IL S'EST FAIT ÉCRASER PAR « UN TYPE » TOUT SEUL, MAIS JE NE SAIS PAS QUI.
TU SAIS PAS QUI ?
SOUPE
ROME
JE L'AI APPRIS PAR HASARD, DONC PRESQUE PERSONNE N'EST AU COURANT.
TU LE CONNAIS AUSSI.
DESCRIPTION : TABASSÉ PAR KYEONG-HO.
SANG-HYEOK YOO, LA VICTIME DE LA CLASSE 3 !

JINCHEON SOUPE
CE MEC EST SUPER FAIBLE, NON ?
PEUT-ÊTRE QU'IL FAIT JUSTE SEMBLANT...
C'EST LA VÉRITÉ.
HÉ, QU'EST-CE QUI T'EST ARRIVÉ ?
BEN... JE ME SUIS FAIT ATTAQUER PAR SURPRISE PAR LE NOUVEAU... MAIS IL N'AVAIT RIEN DE SPÉCIAL.
JE L'AI ENTENDU MOI-MÊME.
IL A POURTANT L'AIR SÛR DE LUI...
HIN HIN !
C'EST DU BLUFF.

TAP
EN FIN DE COMPTE...
TU ES LE ROI DES FAIBLES !
?
!!
PRENDS ÇA...
BAM
FWIP

BAM
BAM

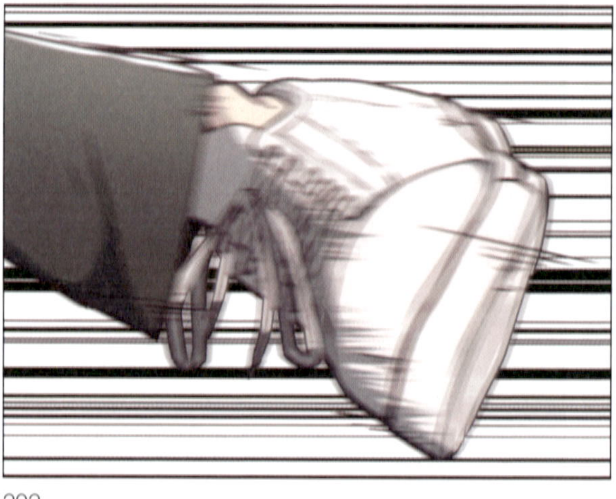

BAM

ÇA VA ?
IL M'A CONTRÉ COMME UN LÂCHE...
TA TA TAP
J'AI ÉTÉ DÉCONCENTRÉ... FRAPPE-LE VITE !
D'ACCORD !
JI-SEOK LEE N'EST PAS LE CHEF D'ÉQUIPE POUR RIEN !
GRÂCE À SON ENTRAÎNEMENT, AFFRONTER UN LYCÉEN EST ASSEZ FACILE !
FFIOU
FIOU
ÉCOUTE-MOI BIEN, KYEONG-HO.
LE PLUS IMPORTANT DANS LES ARTS MARTIAUX, CE SONT LES BASES.
LES COMPÉTENCES NON MAÎTRISÉES SONT DÉSAVANTAGEUSES.

TA
TAP
JE NE DOIS PAS UTILISER LES TECHNIQUES DE MOHAMED ALI SANS ENTRAÎNEMENT. NI SES PAS, NI SES MOUVEMENTS.
FWIP
CE N'EST PAS ENCORE PARFAIT, CONTRAIREMENT AUX POUVOIRS EMPRUNTÉS AUX ESPRITS.
LORSQUE JE SUIS POSSÉDÉ, MES RÉFLEXES, MA FORCE, MA VITESSE ET MES COMPÉTENCES ATTEIGNENT LEUR NIVEAU MAXIMUM.
DANS CES CAS-LÀ JE PEUX GAGNER MÊME AVEC UNE DIFFÉRENCE DE POIDS.
MAIS MAINTENANT, JE NE PEUX ME FIER QU'À MON EXPÉRIENCE.
FWIP
JE DOIS GARDER À L'ESPRIT QUE JE SUIS TOUJOURS LE MÊME LYCÉEN.

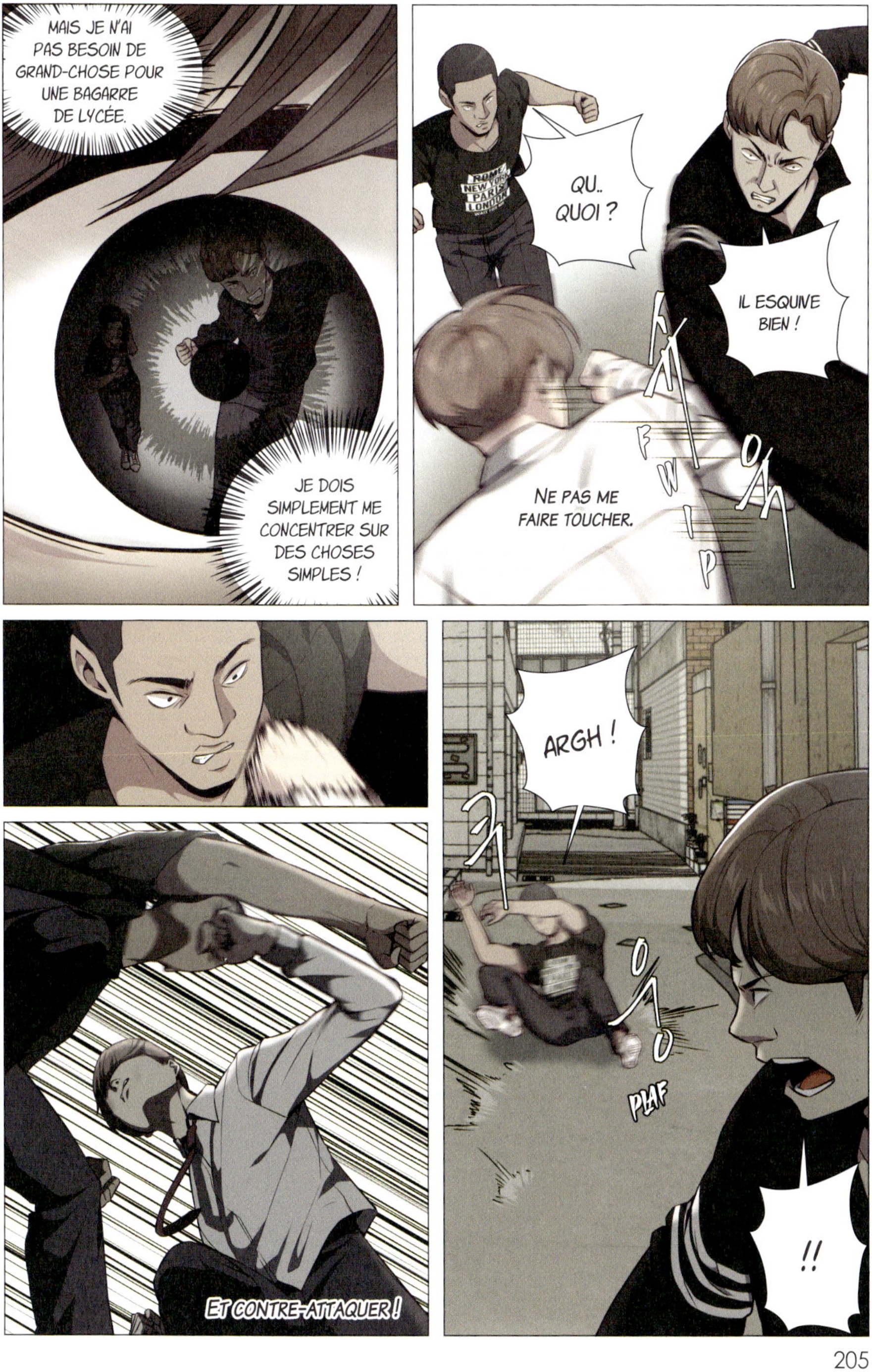

MAIS JE N'AI PAS BESOIN DE GRAND-CHOSE POUR UNE BAGARRE DE LYCÉE.
JE DOIS SIMPLEMENT ME CONCENTRER SUR DES CHOSES SIMPLES !
QU.. QUOI ?
IL ESQUIVE BIEN !
NE PAS ME FAIRE TOUCHER.
FWIP
ARGH !
PLAF
ET CONTRE-ATTAQUER !
!!

ÇA VA ALLER ?
FWIP
CE NE SONT QUE DES MECS QUI SE LA PÈTENT, JE DOIS FRAPPER DÈS QU'ILS SONT DÉSTABILISÉS !
BAM
ENFOIRÉ...
JE NE DOIS PAS LEUR LAISSER UNE SECONDE DE RÉPIT !

PAF
PAF
PAF
PAF
PAF
PAF
FWIP
ET PUIS...
C'EST UNE BONNE OCCASION DE TESTER MON ENTRAÎNEMENT.
ÇA SUFFIT !
POUF

VOUS ÊTES DE MON LYCÉE ?
SI VOUS CONTINUEZ À VOUS BATTRE, JE VAIS VOUS DÉNONCER.
TOI... T'ES LE NOUVEAU ?
QU'EST-CE QUE TU FAIS ICI ?
LE DÉLÉGUÉ PRINCIPAL ?
J'AI UNE QUESTION À POSER À CES GARS.
CEUX QUE TU VIENS DE TABASSER...
ILS SERAIENT PAS DE LA BANDE DES CAÏDS ?

T'ES MORT, LE NOUVEAU...
LES GARS SONT PAS LOIN.
NE PENSE MÊME PAS À T'ENFUIR.
AÏE
AÏE
CES MECS FONT PARTIE DE LA CLIQUE DE JIN-OH CHEON...
JE DEVRAIS LES FRAPPER ENCORE AVANT QUE LES RENFORTS ARRIVENT...
JINCHEON SOUPE
ÇA NE VA PAS...
CE SONT DE TRÈS BONS AMIS.
TU VAS AVOIR DE GROS PROBLÈMES.
JE N'AI PAS LE CHOIX.
J'APPELLE LE PROFESSEUR.
ZWIP
MAIN-D'ŒUVRE
SOUDURE DÉMOLITION
OUVRIERS NETTOYAGE LOGISTIQUE
BÂTIMENT GESTION DE MATÉRIAUX
LICENCE EN BÂTIMENT ET CONSTRUCTION
RÉSERVATION DE GROUPE
SOUPE DE PORC
283-3429
ALLÔ, PROFESSEUR ?
?
OUI, JE RENTRE CHEZ MOI.
J'AVAIS UNE QUESTION ALORS JE ME SUIS PERMIS DE VOUS TÉLÉPHONER.

LE COMITÉ A DÉCIDÉ QUE L'ÉLÈVE DE LA CLASSE 3 QUI A TABASSÉ UN CAMARADE SERAIT RENVOYÉ, N'EST-CE PAS ?
OUI, COMME LA RÉPUTATION DU LYCÉE EST EN JEU, IL EN A ÉTÉ DÉCIDÉ AINSI...
TRÈS BIEN, MERCI BEAUCOUP.
QUE... QU'EST-CE QUE TU FOUS ?
ROM
VOUS AVEZ ENTENDU ?
CE N'EST PAS LE MOMENT DE JOUER AVEC LES MESURES DISCIPLINAIRES CES JOURS-CI.

SI VOUS NE VOULEZ PAS ÊTRE EXPULSÉS, RAPPELEZ CEUX QUI SONT EN CHEMIN.
D'A… D'ACCORD…
MAIS…
J'AVAIS QUELQUE CHOSE À VOIR AVEC EUX…
SOUPE
POUR QUOI FAIRE ?
J'AI QUELQUES QUESTIONS AU SUJET DE L'AFFAIRE DE HEE-YEON LEE.
JINCHEON SOUPE
ILS SEMBLENT LIÉS.
HEE-YEON LEE ?
DE PORC
COMMENT SAIS-TU QUE…

EH BIEN...
JE LA CONNAISSAIS...
AH, JE VOIS.
C'EST POUR ÇA QUE TU FRAPPAIS CES TYPES ?
...
ROME NEW YORK PARIS LONDON WAIT FOR ME
HYEON-SU
OUAIS.
EN FAIT, MOI AUSSI JE FAIS DES RECHERCHES SUR CETTE AFFAIRE.
PARCE QUE ÇA NE RESSEMBLE PAS À UN SUICIDE ORDINAIRE.

MAIS ON NE RÉSOUT RIEN AVEC LES POINGS, ALORS ARRÊTE ÇA.
JE VAIS DÉCOUVRIR LE FIN MOT DE L'HISTOIRE, ATTENDS UN PEU ET ARRÊTE DE TE BATTRE.
E PORC
MERCI...
JINCHEON SOUPE
JE PEUX TE DEMANDER DE FAIRE AU PLUS VITE ?
OÙ EST LA FILLE QUI T'ACCOMPAGNE TOUJOURS ? ON DIRAIT QU'ELLE AUSSI, ELLE SÈCHE LES COURS.
RESERVATION
283-342
CHAE-YEON ?
ELLE EST ALLÉE QUELQUE PART.
ALORS ?
ON DIRAIT QUE QUELQU'UN EST VENU LES EMPÊCHER DE SE BATTRE.
JE VAIS LA CHERCHER.
D'ACCORD.
JE M'OCCUPE DE HEE-YEON LEE, TU PEUX RETOURNER EN COURS.
TAP
TAP
BIEN, J'ATTENDRAI.

KYEONG-HO !
T'ÉTAIS OÙ ?
J'AI DEMANDÉ AUX ESPRITS DE ME MONTRER UN ENDROIT SÛR.
ET PERSONNE N'EST VENU.
TU TE SERS D'EUX COMME DÉTECTEURS ? SI TU SENS QUELQUE CHOSE DE LOUCHE, DEMANDE-LEUR DE JETER UN ŒIL.
OUI !

J'AI OBTENU DE BONNES INFORMATIONS…
LA RÉCOMPENSE EST POUR MOI.
FWIP

J'AI ESSAYÉ D'ATTRAPER UN TYPE QUI RÔDAIT AUTOUR DE LA MAISON HIER ET VOILÀ LE RÉSULTAT.
IL M'A JUSTE ATTRAPÉ LE BRAS ET REGARDEZ CE QU'IL M'A FAIT.
À EN JUGER PAR SA POIGNE, C'EST UN MONSTRE.
COMME LE KIDNAPPEUR...
IL AVAIT UN TATOUAGE DE SERPENT SUR LA MAIN.
ILS FONT SÛREMENT PARTIE DE LA MÊME ORGANISATION.
ET TU L'AS LAISSÉ S'ÉCHAPPER ?
À QUOI RESSEMBLAIT-IL ?
SON VISAGE ÉTAIT CACHÉ PAR SES CHEVEUX, DONC JE N'AI PAS BIEN VU.
IL AVAIT LES MAINS ATTACHÉES PAR UN TISSU.
MAIS SES MOUVEMENTS ÉTAIENT FLUIDES MALGRÉ TOUT.
ET IL AVAIT L'AIR D'AVOIR DES PROBLÈMES MENTAUX.

C'EST UN FOU PLUTÔT DOUÉ ?
LE DÉTAIL IMPORTANT, C'EST SON TATOUAGE DE SERPENT.
CE NE SERAIT PAS UN ÉVADÉ DE L'HÔPITAL PSYCHIATRIQUE ?
SES COMPÉTENCES DE COMBAT ÉTAIENT LOIN D'ÊTRE NORMALES.
SON NIVEAU EST ÉQUIVALENT À CELUI D'UN CHEF D'ÉQUIPE.
TU AS EU DES INFOS ?
TAP
TAP
NON, MAIS LE DÉLÉGUÉ PRINCIPAL DU LYCÉE EST AUSSI EN TRAIN DE MENER L'ENQUÊTE.

SI JE ME BATS, J'AURAI DE PLUS GROS PROBLÈMES, DONC IL M'A DIT QU'IL CHERCHERAIT POUR MOI.
AH D'ACCORD.
JE PENSE QUE ÇA SE PASSERA BIEN MIEUX QUE PRÉVU.
TAP
TA
JE VAIS POUVOIR ÉCONOMISER DES TICKETS.
KYEONG-HO, REGARDE PAR LÀ !
ON DIRAIT QU'IL NOUS OBSERVE...
FWIP
?

FWIP

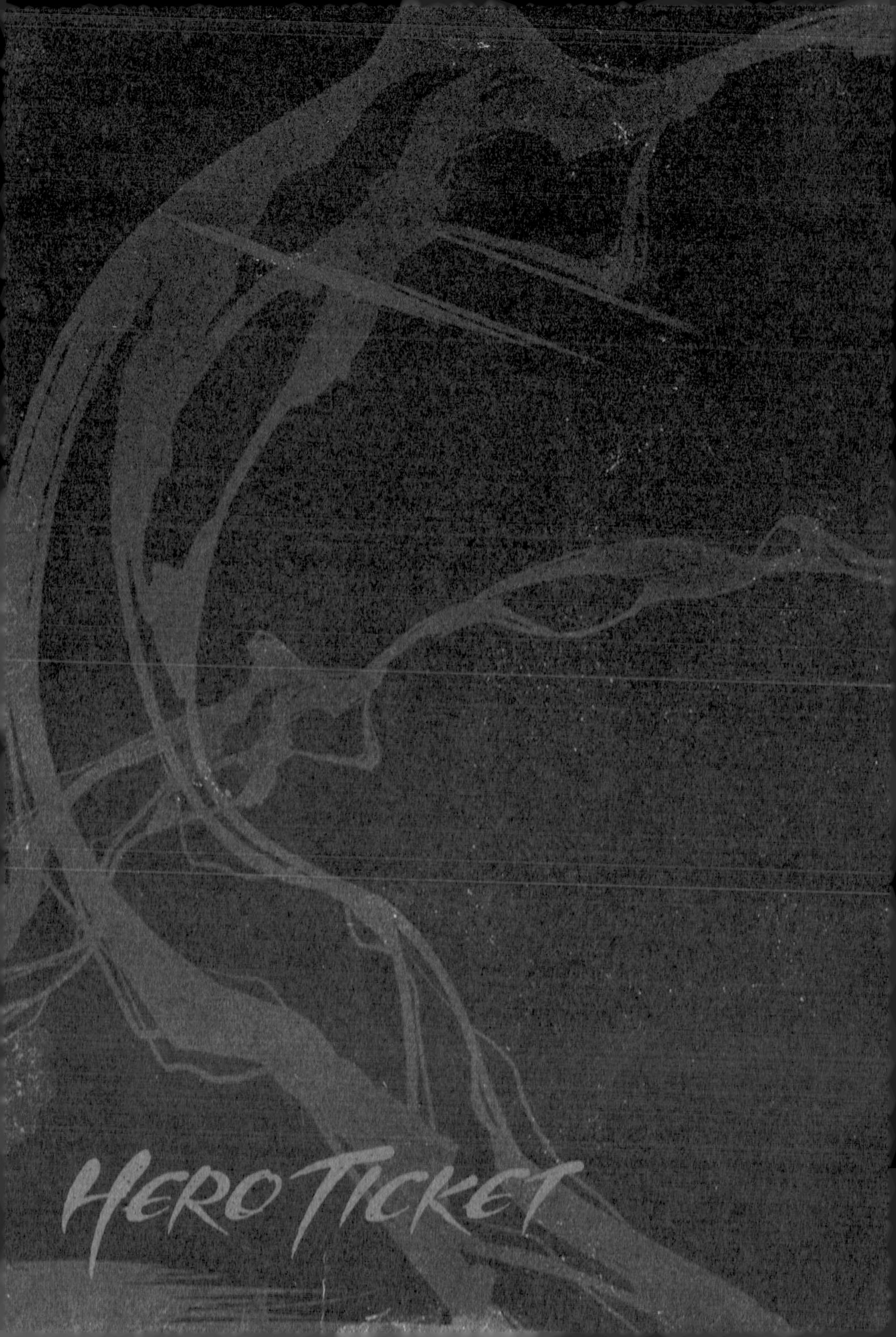
HERO TICKET

Dead
TICKET

ET QU'EST-CE QUE TU VEUX FAIRE MAINTENANT ?
NOUS N'AVONS PAS LE CHOIX.
JE VAIS ÊTRE DIRECT...
PERSONNE NE DOIT PATROUILLER SEUL.
SI VOUS LE CROISEZ, ÉVITEZ-LE.
JE L'AI TROUVÉE.
37 - LE CHAT ET LA SOURIS
« TROUVÉE » ?
EST-CE QU'IL NOUS PARLE ?

HEU… C'EST QUOI ?
IL TIRE LA LANGUE, C'EST DÉGOÛTANT.
MINCE.
GRIP
DÉPÊCHONS-NOUS.
ATTENDS.
RYUSEONG
FWIP
?
QU'EST-CE QU'IL Y A ?
CE TATOUAGE…
QUE TOUT LE MONDE MÉMORISE CE TATOUAGE.
IL EST TRÈS PROBABLE QUE TOUS NOS ENNEMIS L'ARBORENT.
SI VOUS EN VOYEZ UN, FAITES UN RAPPORT IMMÉDIATEMENT.

CE DOIT ÊTRE UN DES LEURS.
IL EST TOUT SEUL ?
OU D'AUTRES ATTENDENT, CACHÉS ?
까
SCRRR
악
TAP
TAP

BANG
COURS !
BOUM
BANG
BANG
QUOI… POURQUOI ?!
NE ME DIS PAS QUE…
TA
TA
TA
TAP
IL FAIT PARTIE DU GANG QUI T'A KIDNAPPÉE LA DERNIÈRE FOIS !
TA
TA
TA
TAP
QUOI ?!

COMMENT ILS ONT SU ?
TA
TA
TAP
ILS SAVAIENT DÉJÀ QU'ON ÉTAIT DEHORS ?
PEU IMPORTE.
IL DOIT Y EN AVOIR D'AUTRES.
ILS VONT SÛREMENT TENTER DE KIDNAPPER CHAE-YEON ENCORE UNE FOIS.
ON DOIT SE RÉFUGIER DANS LA FOULE.
TA
TA
TA
TAP
SA SÉCURITÉ PASSE AVANT TOUT !
TA
TA
TAP
!!

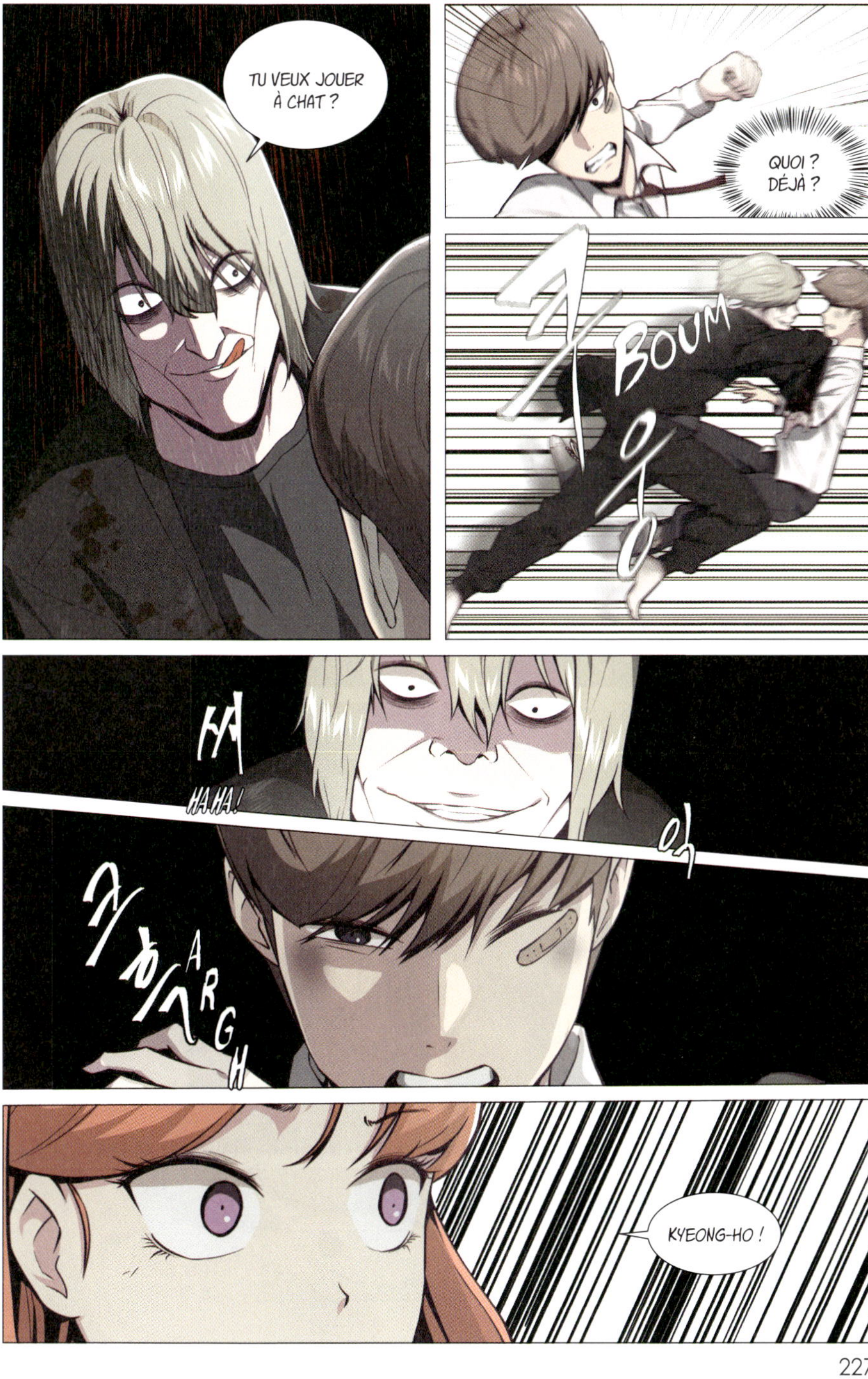
TU VEUX JOUER À CHAT ?
QUOI ? DÉJÀ ?
BOUM
HA HA !
ARGH
KYEONG-HO !

IL EST D'UN AUTRE NIVEAU QUE LES VOYOUS HABITUELS.
IL N'EST PAS HUMAIN.
IL NOUS A RATTRAPÉS SI VITE...
POURQUOI SES MAINS SONT ATTACHÉES ?
MALGRÉ ÇA, IL N'A AUCUNE OUVERTURE.
CHAE-YEON !
C'EST DANGEREUX !
VA DANS UNE RUE BONDÉE !
FUIS !
JE NE PARTIRAI PAS SANS TOI !
FWIP
JE M'OCCUPE DE LUI !
TU VAS...
UTILISER CE SPRAY ?

TU NE PENSES PAS QU'IL SERAIT PRÉFÉRABLE DE FUIR ?
PETITE BOURGE, TU ES DONC SI IDIOTE ?

OH... MERDE.
NON.
GRÂCE À ELLE, J'AI UNE OUVERTURE.
?
TAC
BAM

KOFFF !
ARGH
깍
아
다
TAC
다다닥
TA
TA
TAP
COURS !
다다다닥
TA
TA
TA
TAP

CE GARS EST... INTÉRESSANT...
HA HA !
J'AIMERAIS SAVOIR COMBIEN DE PERSONNES SONT CACHÉES...
TA TA TA TAP
SI SEULEMENT JE POUVAIS METTRE CHAE-YEON EN SÉCURITÉ, JE SERAIS PLUS À L'AISE.
TA TA TA TAP
QUE FAIRE ?
IL EST DIFFÉRENT DES ENNEMIS AUXQUELS J'AI EU AFFAIRE PAR LE PASSÉ.

PAF
FIOU
FIOU
FIOU
FIOU
FIOU
WISH
TAC
FIOU
FIOU
BA
BA
BA
BA
FIOU
FIOU
FIOU
FIOU
FIOU
FIOU
FIOU

SES MAINS ÉTAIENT LIÉES, MAIS SA SOUPLESSE, SA POIGNE ET SA VITESSE DE RÉACTION ÉTAIENT D'UN TRÈS HAUT NIVEAU.
QUI PLUS EST…
LE PLUS INQUIÉTANT…
RESTE SA MAÎTRISE D'UN ART DE COMBAT LÉTAL.
SANS MON SABRE EN BOIS, IMPOSSIBLE DE CONNAÎTRE SON NIVEAU…
MAIS IL EST DANGEREUX…
CHEF, NOUS AVONS RASSEMBLÉ TOUT LE PERSONNEL.
TRÈS BIEN.
WHAAAM
VOTRE ATTENTION S'IL VOUS PLAÎT !
JE VOUS AI TOUS CONVOQUÉS POUR PARTAGER UNE INFORMATION.
VOUS DEVEZ DÉJÀ EN AVOIR ENTENDU PARLER, MAIS…
HIER, J'AI CROISÉ UN HOMME AVEC UN TATOUAGE DE SERPENT DANS LES ALENTOURS.
MÊME MOI, J'AI EU DU MAL À LUI ÉCHAPPER.

UN CUL-DE-SAC.
HAA...
HAA...
HAA...
HAA...
L'ENNEMI SEMBLE ÊTRE UN TUEUR EXPÉRIMENTÉ.
하아
HAA...
HAA...
하아
SI VOUS CROISEZ SON CHEMIN ALORS QUE VOUS ÊTES SEUL, ÉVITEZ-LE.
NE L'AFFRONTEZ PAS SANS AVOIR AU MOINS LE NIVEAU D'UN CHEF D'ÉQUIPE, SINON...
VOUS MOURREZ.

스윽
FWIP
CHAE-YEON HAN...
OÙ EST-ELLE ?
할짝
SLURP
VOUS FAITES ERREUR...
스윽
FWIP
CHAE-YEON EST PARTIE DE L'AUTRE CÔTÉ.
MAIS NE SOYEZ PAS DÉÇU.
ELLE AURA TOUJOURS UN MOYEN DE VOUS ECHAPPER.
멈칫
STOP
ET TOI ?
MOI, JE SUIS L'APPÂT.

TU N'AS PAS ENCORE COMPRIS TA SITUATION ?
SI, MAIS JE RÉFLÉCHISSAIS À VOS MAINS LIÉES...
VOUS ÊTES UN PRISONNIER EN CAVALE ?
SI C'EST LE CAS...
ALORS VOUS ÊTES SÛREMENT SEUL.
VOUS N'AVEZ PAS DE RENFORT ?
FWIP
SALE GAMIN...

COMMENT OSES-TU ?
FINI DE JOUER !
TAP

BAM

KOFF!
BOUM
EURGH
HAA...
HEIN ?
TAP
LA PARTIE EST DÉJÀ TERMINÉE ?
TAP
TAP
VOUS ÊTES BIEN ÉGOÏSTE.

QUOI ?
SI VOUS NE VOULEZ PAS MOURIR, FUYEZ.
LE LYNX (SEONG-SOON LEE)
1916-1983
MEILLEUR COMBATTANT DE JOSEON
MAINTENANT, C'EST MOI LE CHAT.

38 – Le meilleur combattant de Joseon (1)
FWIP
Il a l'air féroce.
La mafia d'outre-mer l'a dans le collimateur parce qu'il s'en est déjà pris à elle.
C'est une valeur sûre, capable de tuer des mafieux à lui seul.
La mafia ?
Il est d'autant plus intrigant qu'aucune récompense ne l'intéresse.

IL SE DÉLECTE DE LA PEUR DE SON ENNEMI.
IL AURAIT TUÉ 23 PERSONNES DONT 3 MAFIEUX...
CE DONT JE SUIS CERTAINE, C'EST QU'IL PEUT S'INFILTRER SEUL DANS UN CARTEL ET EN TUER LES CHEFS.
TU PENSES DONC QU'IL PEUT NOUS ÊTRE UTILE ?
FA FA
IL EST AU MOINS DU MÊME NIVEAU QUE LE CHEF DU GROUPE JA, VOIRE MEILLEUR.

?
QUOI ?
JE VIENS DE ME FAIRE FRAPPER PAR UN GAMIN ?
MOI ?
MÊME LE CHEF D'ÉQUIPE NE FAISAIT PAS LE POIDS !
COMMENT EST-CE POSSIBLE ?
NON...
FWIP

C'EST UNE ERREUR D'INATTENTION.
CE N'EST QU'UN GARDE DU CORPS.
MÊME SI JE LE SURESTIME, IL EST SÛREMENT PLUS FAIBLE QUE SON CHEF.
MAINTENANT, FINI DE JOUER.
TAP
JE VAIS LE FRAPPER JUSQU'AUX PORTES DE LA MORT !
TAP
TAP
TAP
SHIOUU

BAM
FWIP
TAP
BOUM
BAM

BORDEL...
BAM

BOUM
BADA BOUM
FWIP

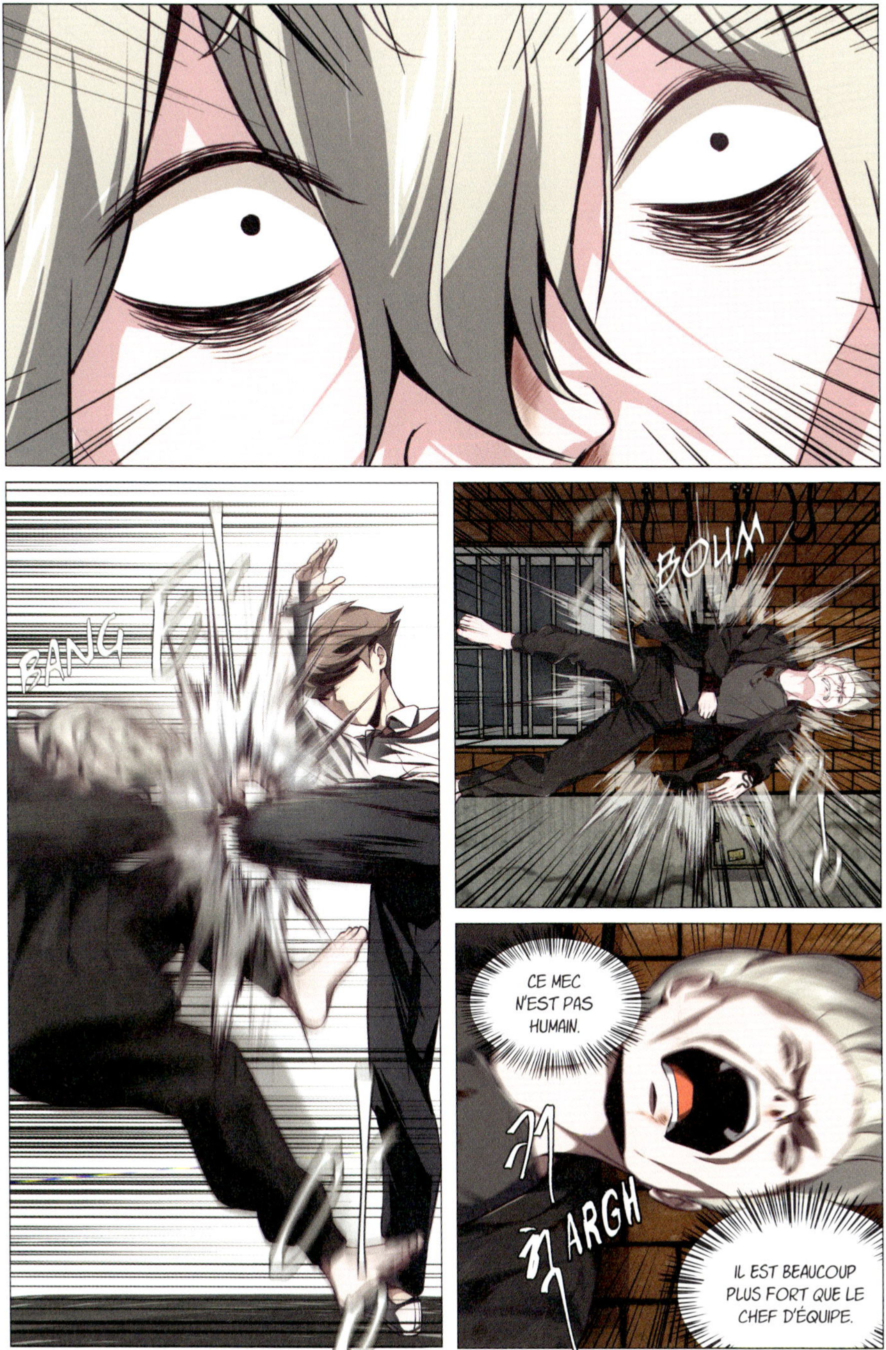
BANG
BOUM
CE MEC N'EST PAS HUMAIN.
ARGH
IL EST BEAUCOUP PLUS FORT QUE LE CHEF D'ÉQUIPE.

BOUM

SA RAPIDITÉ, SA TECHNIQUE ET SA VITESSE DE RÉACTION SONT D'UN TOUT AUTRE NIVEAU.
EST-CE QU'UN ÉTUDIANT PEUT VRAIMENT ÊTRE AUSSI DOUÉ ?
C'EST FOU DE CROISER CE GENRE DE TYPE ICI...
JE N'AVAIS PAS RESSENTI ÇA DEPUIS LONGTEMPS.
ON DIRAIT QU'IL A DES DIZAINES DE COMBATS DERRIÈRE LUI.
COMMENT EST-CE POSSIBLE ALORS QU'IL N'A MÊME PAS VINGT ANS...
C'EST UN DON DES DIEUX ?
IL EST FORT.

?
HAA...
HAA HAA...
GNÉ...
GNÉHÉHÉ...

QUOI ?
IL N'EST PAS EN POSITION DE RIGOLER.
IL EST DEVENU FOU ?
TAP
QUELQUE CHOSE CLOCHE.
JE VAIS EN FINIR POUR ÉVITER LES MAUVAISES SURPRISES.
BAM

BAM
BAM
PAF
PAF
C'EST BIZARRE...
IL SE FAIT FRAPPER SANS RÉPIT, ALORS...
GNÉHÉHÉ
POURQUOI IL RIT ENCORE ?

BAM

BOUM
C'EST FINI...
FWIP
MINCE... C'EST UN MOT INTERDIT DANS UN COMBAT.

POURQUOI TU RIS ?
TU AS APPELÉ DE L'AIDE ?
NON.
GNÉ
MAIS C'EST MARRANT.

POURQUOI TU RIS ?
GNÉHÉHÉHÉ...
TAP

EN ÉCHANGE DE MA RÉCOMPENSE...
VOUS VOULEZ ME LIER LES MAINS ?
TU T'ES ATTAQUÉ À LA MAFIA DE MANIÈRE IMPULSIVE.
DANS CE PAYS, TUER DES GENS SANS RÉFLÉCHIR EST UN PROBLÈME.
COMBIEN ALLEZ-VOUS ME DONNER ?
100 000 ? 1 MILLION ?
10 MILLIONS ?
23 MEURTRES OUTRE-MER INCLUANT DES MAFIEUX.
APRÈS LES AVOIR TUÉS...
TU AS BRÛLÉ PLUS DE 3 MILLIONS SUR PLACE...

TU NE FAIS PAS ÇA POUR L'ARGENT, N'EST-CE PAS ?
NON, C'EST VRAI... TU T'ES BIEN RENSEIGNÉE.
ALORS QUE PEUX-TU BIEN M'OFFRIR ?
ÇA AURAIT ÉTÉ PLUS SIMPLE SI TU AVAIS ACCEPTÉ DE L'ARGENT.
J'AI DÛ FAIRE QUELQUES RECHERCHES.
LES 23 VICTIMES AVAIENT TOUTES UNE CHOSE EN COMMUN.
TU LES AS FAIT SOUFFRIR LONGUEMENT...
TOUTES AVAIENT UNE EXPRESSION DE DOULEUR EXTRÊME SUR LE VISAGE...

TU PRENDS DU PLAISIR À TORTURER TES VICTIMES.
TU ES LE STÉRÉOTYPE DU SERIAL KILLER.
CEPENDANT, CE QUI EST INTÉRESSANT...
FU FU
C'EST QUE TU NE T'EN PRENDS QU'AUX PLUS FORTS.
C'EST ORIGINAL DE CHERCHER À FAIRE SURGIR LA PEUR QUE CHEZ LES PLUS FORTS.
...

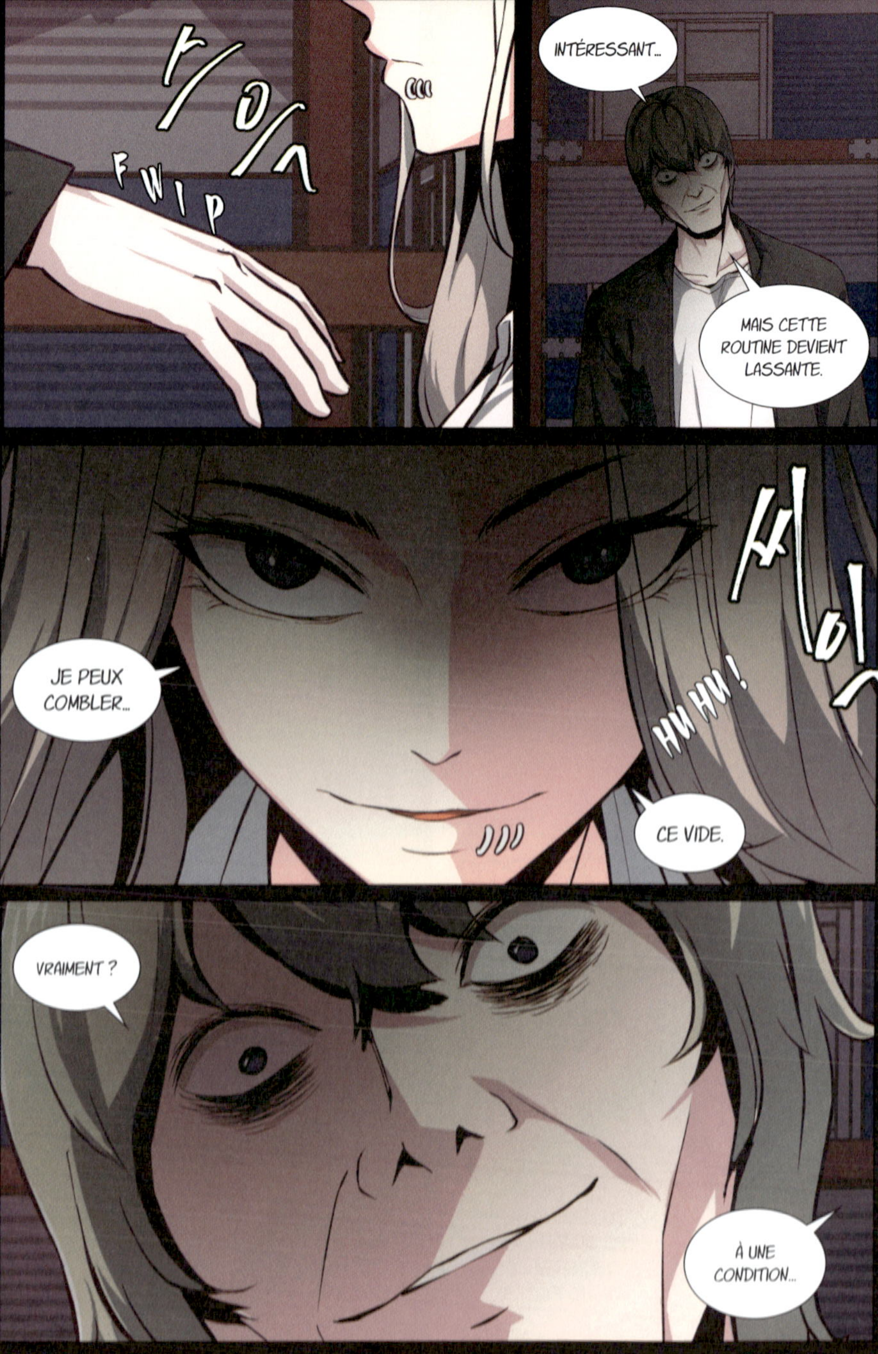
FWIP
INTÉRESSANT…
MAIS CETTE ROUTINE DEVIENT LASSANTE.
JE PEUX COMBLER…
HU HU !
CE VIDE.
VRAIMENT ?
À UNE CONDITION…

SI NOUS AVONS BESOIN DE TOI, TU DOIS VENIR, PEU IMPORTE LA RAISON.
ET TES MAINS SERONT ENCHAÎNÉES.
BIEN, TOUT CELA COMMENÇAIT À M'ENNUYER DE TOUTE FAÇON.
ENCHAÎNÉES ?
À CAUSE DE MES PULSIONS MEURTRIÈRES ?
GNÉHÉHÉ
씨익
JE VEUX BIEN JOUER À VOTRE JEU.
...
JE VOULAIS VOIR QUELLE FORME PRENDRAIT TA PEUR.

JE NE SAIS PAS CE QU'IL A, MAIS C'EST VRAIMENT BIZARRE, CES MAINS LIÉES !
TAP
MÊME S'IL EST FOU, JE NE DOIS PAS LUI LAISSER UNE SECONDE DE RÉPIT !
SHIOUUU
TAC
WOUSH
TAP
IL A SAUTÉ À CETTE HAUTEUR D'UN SEUL COUP !
QU'EST-CE QU'IL FAIT ?
SCRRR

CRI
CRI
CRI
CRI
CRI
CRI
CRI
CRI
CRI
ATTENDS...
CRI
CRI
CRI
C'ÉTAIENT DES CHAÎNES ?
CRI
CRI
CRI
CRI
CRI
CRI
CRI
CRI
IMPOSSIBLE ! IL NE PEUT PAS COUPER DU FER...
CRI
CRI
CRI
CRI
À MAINS NUES.

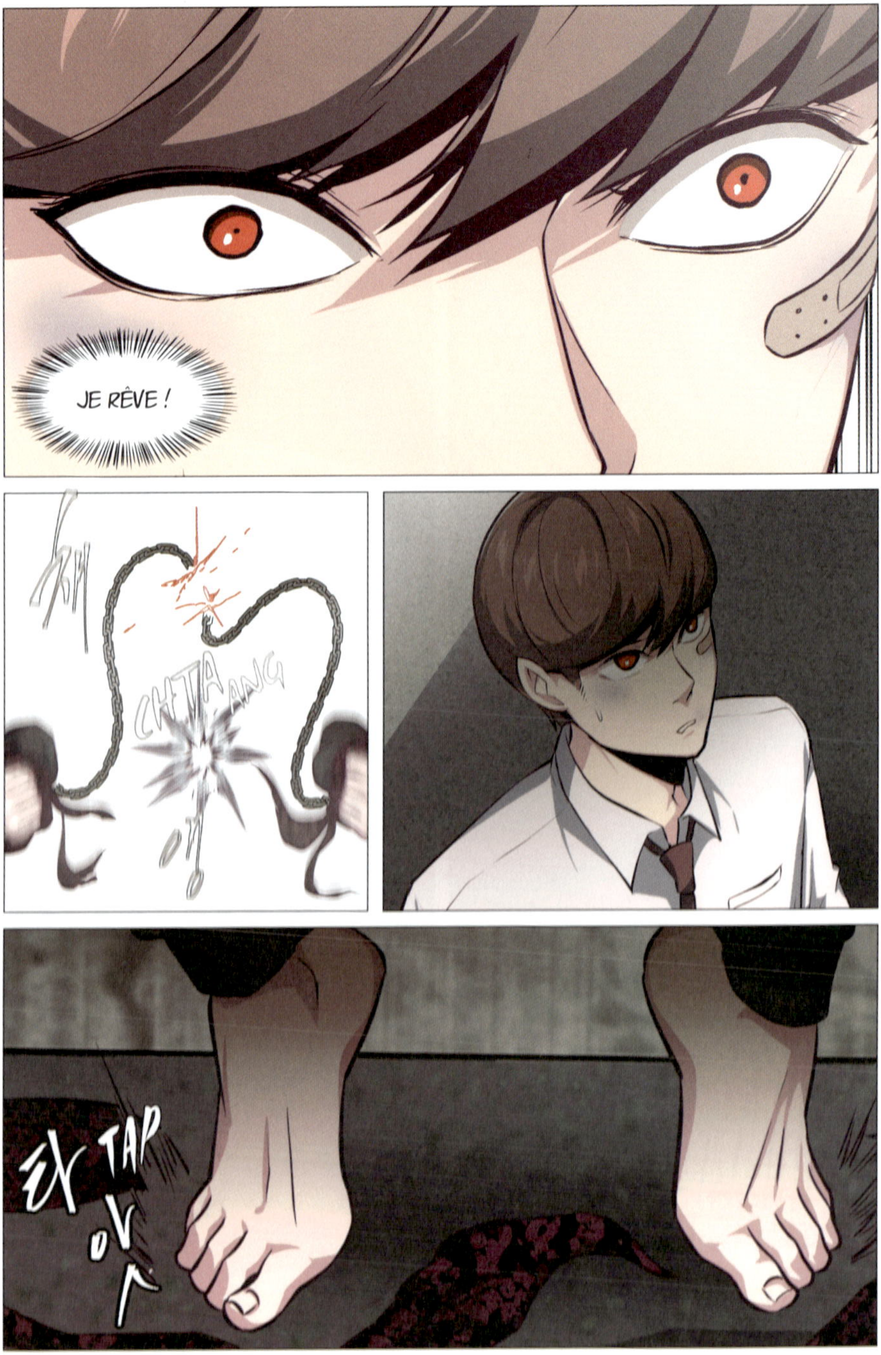

JE RÊVE !
CHTANG
TAP

Nom de Code : Blomhoffii

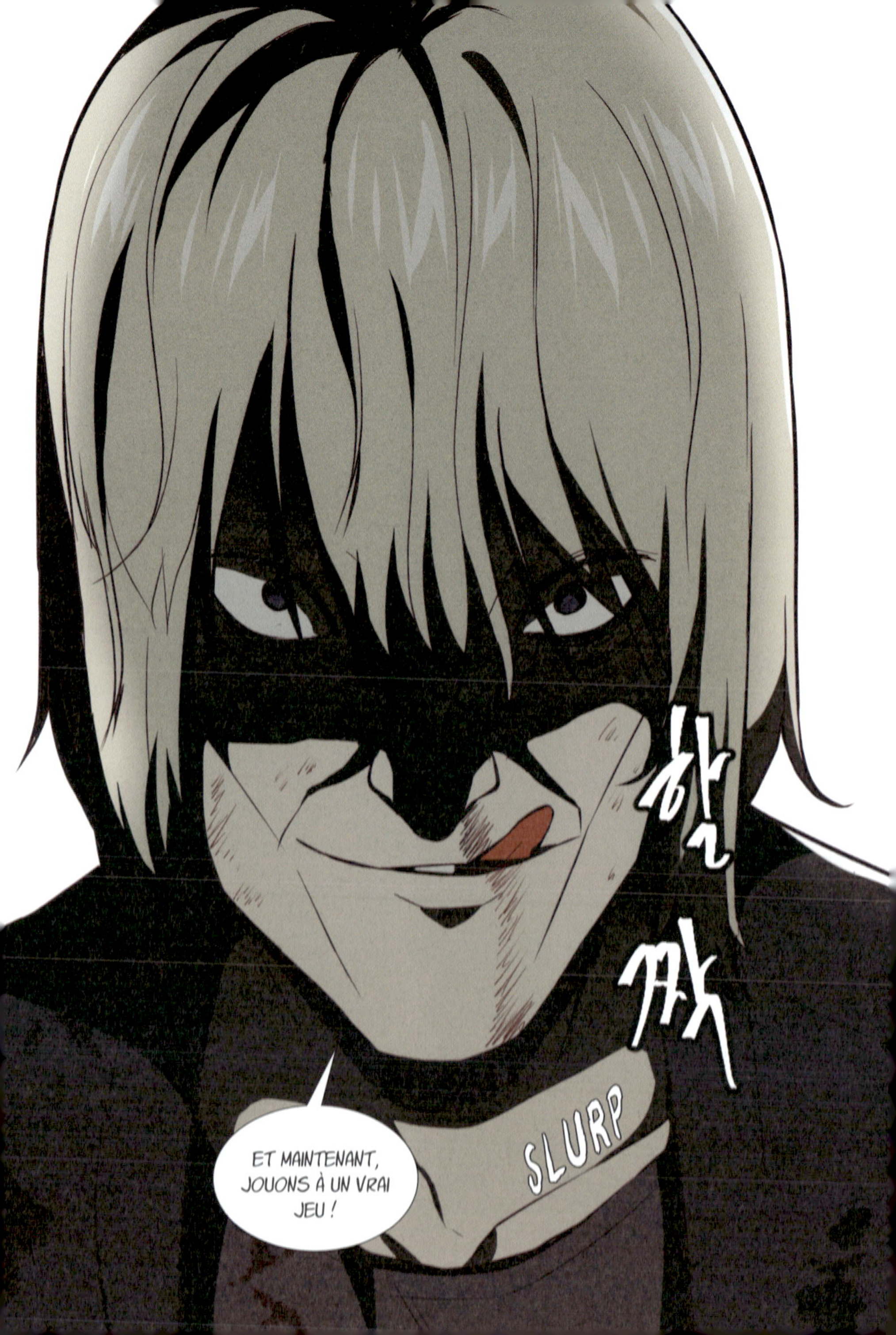

할짝
SLURP
ET MAINTENANT, JOUONS À UN VRAI JEU !

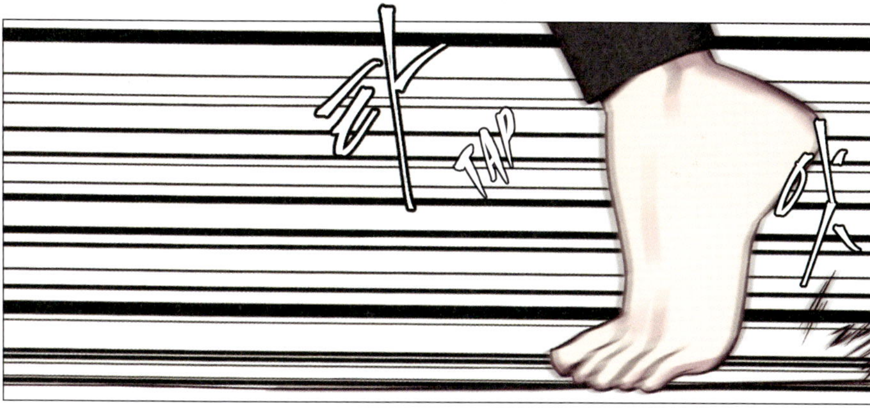
TAP

Dead
TICKET

CHTANG
TAP
PAF
IL ENCHAÎNE SANS DÉLAI ENTRE LES ATTAQUES !
FWIP
IL EST BEAUCOUP PLUS RAPIDE QUE TOUT À L'HEURE.
BA
BA
BA
BA
BAM

BOUM
FWIP
FWIP
C'EST L'ÉCLATE !
JE N'AVAIS JAMAIS AFFRONTÉ QUELQU'UN D'AUSSI INTÉRESSANT !
J'EN AI COMBATTU PLUS D'UN.
BAM
BAM
JE PEUX SENTIR DANS TOUT MON CORPS QU'IL EST DIFFÉRENT.
BAM
POURTANT J'AI FAIT FACE À DES MAÎTRES DU MUAY-THAÏ...
OU DES MAFIEUX.

LES PLUS FORTS APPRENNENT LES ARTS MATIAUX MACHINALEMENT.
CE SONT TOUJOURS DES COMBATS ÉQUILIBRÉS...
SANS UNE ONCE D'ÉMOTION OU D'INSTINCT.
MAIS...
BAM
LUI, C'EST UN ANIMAL !
BAM
BAM
TCHAC
BAM

탁 앗
TAP
MERDE...

ÇA FAISAIT UN AN QUE JE N'AVAIS PAS DÉTACHÉ MES MAINS.
FRSHHH
FRSHHH
L'ÉCHAUFFEMENT EST TERMINÉ.
TU M'AMUSES BEAUCOUP.
JE N'AVAIS ENCORE JAMAIS RENCONTRÉ QUELQU'UN D'AUSSI FORT.
ÇA ME REND TRÈS CURIEUX.
VAS-TU ME SUPPLIER DE T'ÉPARGNER COMME UNE PERSONNE NORMALE...
OU ME LANCER UN REGARD VIDE ET ABATTU COMME LES PRATIQUANTS DU MUAY-THAÏ ?
À MOINS QUE TU FONDES EN LARMES COMME LA MAFIA ?
JE ME DEMANDE...
À QUOI TU RESSEMBLERAS...
JUSTE AVANT DE MOURIR...
TAP

BAM

BOUM
TU AS FINI DE T'ÉCHAUFFER ?
MOI AUSSI, JE COMMENCE À PIGER LE TRUC.
HÉ HÉ !

L'ESPRIT PREND TOUJOURS UN PEU DE TEMPS POUR S'AJUSTER À MON CORPS.

# 39 – Le meilleur combattant de Joseon (2)

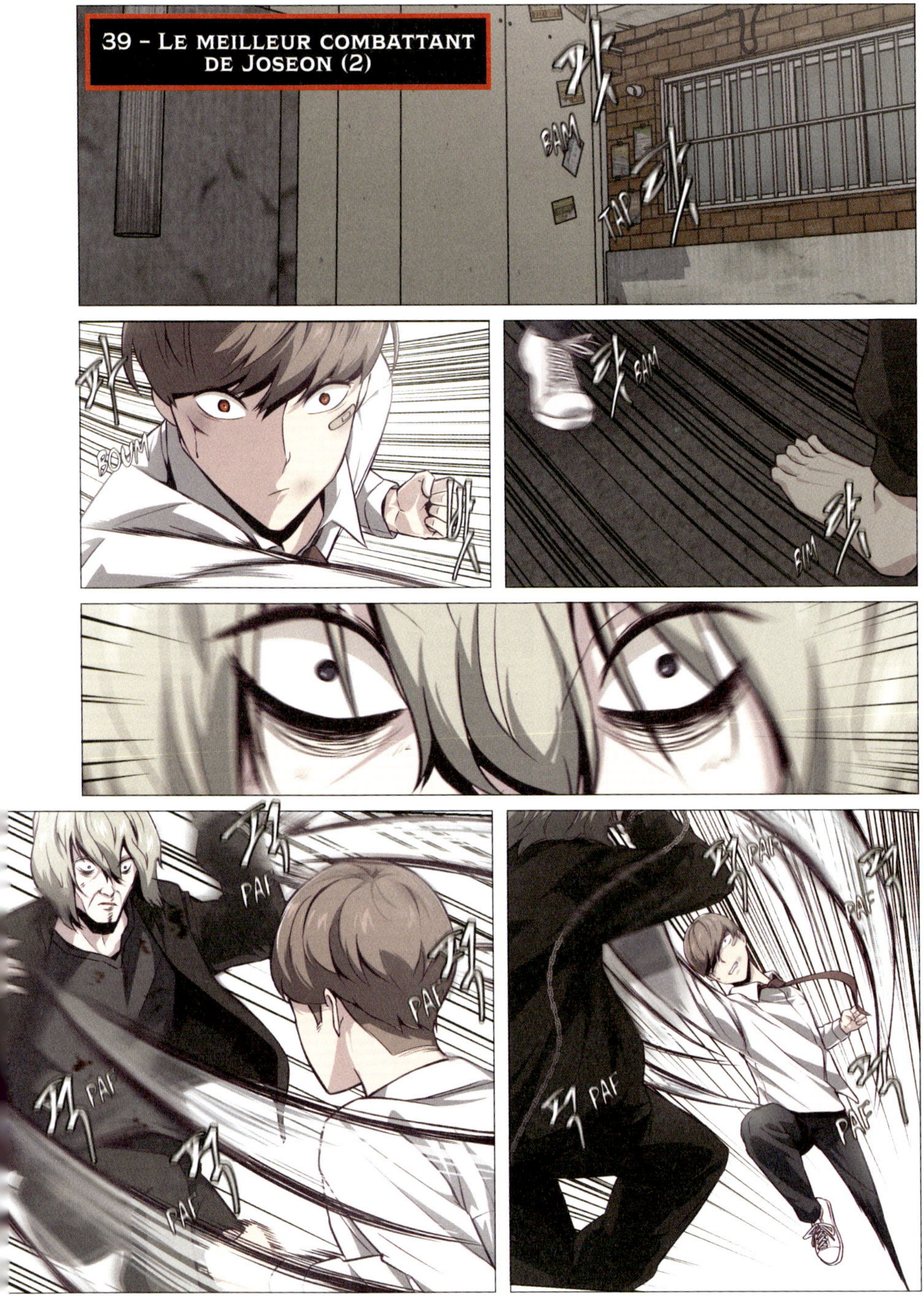

BAM
BOUM

BAM
BOUM
BIM
BAM
BIM
BAM
BOUM
BAM
BAM
BAM
PAF
BAM

AR
AR
GH

HAA...
HAA...
HAA...
HAA...

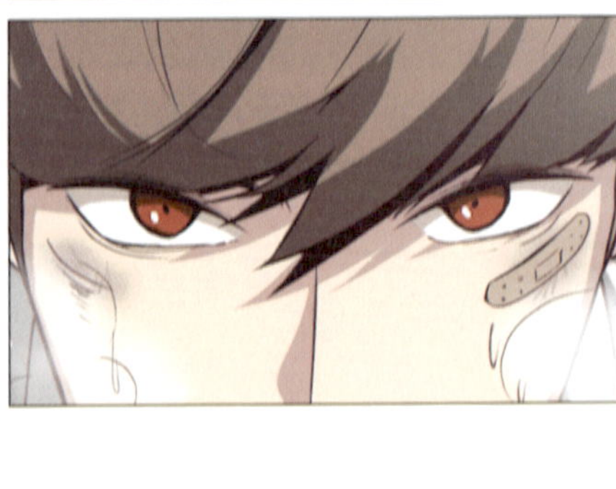

T'ES MALADE... TU RIGOLES AU BORD DE LA MORT.
JE VAIS EN FINIR AVEC TOI.
ON S'AMUSE TELLEMENT...
EN FINIR ?

TU POURRAIS LE DIRE SI TU AVAIS L'AVANTAGE, NON ?
DE MON POINT DE VUE, TU ES EN TRAIN DE PERDRE TON AVANCE.
TA FORCE NE PEUT QUE DÉCROÎTRE...
TU TRANSPIRES BEAUCOUP DEPUIS TOUT À L'HEURE.
TU COMMENCES À FATIGUER, N'EST-CE PAS ?
QUI DIABLE ES-TU ?
COMMENT TU PEUX ÊTRE TOUJOURS DEBOUT APRÈS AVOIR REÇU AUTANT DE COUPS ?
ÇA TE TRACASSE ?
C'EST VRAI QU'EN CORÉE... ÇA PEUT ÊTRE BIZARRE.
D'OÙ JE VIENS, ON PEUT MOURIR RIEN QU'EN MARCHANT DANS LA RUE.
UNE BAGARRE NE S'ACHÈVE QUE DANS LA MORT.
QUAND IL N'Y A NI POLICE NI LOI, LA JUNGLE EST PLEINE DE MONSTRES.

J'AI VÉCU DANS UN MONDE DIFFÉRENT DU TIEN.
HÉ HÉ !
TU ES FORT, JE TE L'ACCORDE.
TIC
MAIS MAINTENANT, J'ENTREVOIS TES LIMITES.
TCH
AC
REGARDE BIEN.
CLING
CLAC
CLAC

CLAC
TU DOIS TE SOUVENIR DE CETTE DISTANCE.
COMMENT PEUT-IL UTILISER UNE CHAÎNE COMME ÇA ?
JE PEUX À PEINE LA VOIR.
EN PLUS, C'EST VRAI QUE JE M'ÉPUISE À COURIR, MON ENDURANCE A DES LIMITES.
JE DOIS EN FINIR LE PLUS VITE POSSIBLE...
CLAC

BAM
BOUM
CLING
?!
S'IL ME TOUCHE, JE MEURS SUR LE COUP !
CLAAAC

BANG
BANG
BAM
SHIOU
JE DOIS D'ABORD M'ÉLOIGNER !
SHIOU

MAINTENANT J'EN SUIS SÛR...
EN REGARDANT BIEN, IL COURT DIFFÉREMMENT ET TREMBLE LÀ OÙ JE L'AI FRAPPÉ. IL NE TIENDRA PAS BIEN LONGTEMPS !
TA TA TAP
IL RESSENT DE LA DOULEUR...
TA TA TAP
SA CHAÎNE N'EST QU'UNE DIVERSION !

ESSAIE DE T'ENFUIR.
TU ES AU PIED DU MUR !
ESSAIE DONC DE SURVIVRE DANS CETTE RUE ÉTROITE !

CRAC
TU ESSAIES DE ME TENIR À DISTANCE AVEC CETTE CHAÎNE...
GRIP
TU T'ES CASSÉ LE BRAS ?
POUR POUVOIR M'ATTAQUER DE LOIN, N'EST-CE PAS ?

HEIN ?
ET SON BRAS ?
SHIOUC
DANS CE CAS...

JE VAIS TE RAPPROCHER !
QUOI ?
SCRRR
IL TIRE LA CHAÎNE AVEC SON BRAS CASSÉ ?

CE GAMIN...
JE NE VOIS EN LUI...
COUP DE GENOU
AÉRIEN DU LYNX !
AUCUNE
PEUR.

HERO TICKET
À SUIVRE...

DANS LE PROCHAIN VOLUME
LA VÉRITÉ SUR LA MORT DE HEE-YEON ENFIN RÉVÉLÉE !
C'EST PAS VRAI...
OUIN
OUIN
CE N'EST PAS LA SŒUR QUE J'AI CONNUE...
OUIN !
KYEONG-HO FAIT FACE À JIN-OH CHEON ET LES CAÏDS DU LYCÉE.
SON ENTRAÎNEMENT SUFFIRA-T-IL CONTRE LE PLUS DANGEREUX DES LYCÉENS ?
À TON TOUR.

LE COUP DE POING SANS RECUL...
ET BLOMHOFFII RÔDE TOUJOURS,
MAIS IL N'EST PLUS SEUL !
ET QUE DIS-TU D'UNE DEUXIÈME ?!
QUEL NOUVEAU PLAN PRÉPARENT LES SERPENTS ?
UN 2 CONTRE 1 ?!
TOME 4
BIENTÔT DISPONIBLE !

Un simple karatéka n'a aucune chance contre le fondateur du karaté lui-même...

## Mais les minutes sont comptées pour Kyeong-Ho !